KB136334

ANTONY & CLEOPATRA

앤토니와 클레오파트라

신정옥 옮김

전예원

『셰익스피어전집』을 옮기고 나서

　숙명처럼 혹은 원죄(原罪)처럼 나의 삶과 정서를 지배하던 먹구름은 이제 걷히고 맑은 하늘이 열리고 있다. 하지만 나의 마음은 왠지 허전하고 공허하다. 셰익스피어와의 힘겨운 싸움에 쇠잔한 때문일까.

　나는 이제 셰익스피어가 그의 전생애에 걸쳐 이룩한 장막희곡 37편과 3편의 장편시, 그리고 소네트를 우리말로 옮기는 작업에 종지부를 찍었다. 돌이켜보면 셰익스피어 문학에 어렴풋이나마 눈이 뜨이고 귀가 열린 것은 대학원 시절『한여름밤의 꿈』을 번역하면서 비롯되었는데, 그때 내 마음 속 깊이 자리잡은 셰익스피어가 나를 운명처럼 괴롭힌 지도 어언 20여 년이나 된다. 지난 오랜 세월 동안의 나의 외로운 번역작업은 문자 그대로 인고(忍苦)의 세월이었다.

　"그 진실 때문에 고통의 모습을 사랑한다."고 토로한 미국의 청교도 여류시인 에밀리 디킨스의 말처럼, 위대한 인간성에 대한 끝없는 사랑과 아름다움에 따뜻한 시선을 던지는 셰익스피어 문학의 진실 때문에 나는 그를 우리말로 옮기는 고통을 감내해 왔는지도 모른다.

　그러면서도 사실 내가 셰익스피어 작품에 매료된 가장 큰 원인은 바로 그의 언어의 천재성 때문이었다. 언어가 빚어낸 비극성과 희극성이 그를 인류 역사에 찬연히 빛나는 불멸(不滅)의 극시인으로 만들었고, 신선한 탄력이 나를 사로잡았던 것이다.

어디 그뿐이랴. 시적 아름다움과 향기가 깃들여 있어서 매우 심도(深度) 있는 함축성을 지닌 문체에다 음악의 미와 이미지의 미가 유기적으로 융합됨으로써 아름다움이 더욱 빛을 발하고 있는 것이다.

따라서 태반이 이중 영상적(映像的)인 그의 언어는 윤기마저 흐른다. 그의 언어는 싱싱하게 살아 숨쉰다. 영혼의 심연(深淵)으로부터 우러나오는 언어의 광채와 언어의 맥박의 울림 속에서 극적 전개를 이룩해 나가는 것이 셰익스피어의 극인 것이다. 그래서 엘리자베스 시대의 영국 국민들은 셰익스피어의 극에서 시각적인 감동보다도 청각적인 짜릿한 감흥에 젖어들기를 좋아했다. 이를테면 눈으로 보는 연극보다도 귀로 듣는 연극을 좋아했고 탐닉했던 것이다.

셰익스피어의 신성(神性)에 가까운 언어의 천재성은 그의 작품을 번역하는 사람들에게 적지 않은 어려움을 안겨 왔다. 나 역시 그러한 곤혹스러움에 빠져 후회가 되기도 했다. 그리하여 한 작품의 번역이 끝나고 그 다음 작품에 손을 댈 때마다 '잘못 씌어진 책은 실수이나 좋은 책의 오역은 죄악이다.'라는 명구가 나를 긴장시키곤 했다. 그러한 심신의 동요 속에서도 이렇게 전집을 펴낼 수 있었던 것은 순전히 주변의 가까운 선배·동료의 격려 덕분이라고 생각한다.

여하튼 셰익스피어 원작을 번역함에 있어 나는 무분별한 직역과 지나친 의역을 피해서 될 수 있는 대로 원전에 충실하기로 방침을 세웠다. 원전과 번역의 거리를 최대한 축소시켜, 원전의 의미와 향취를 살리면서도 오늘의 감각과 취향에 맞도록 하기 위해서 애를 썼다.

따라서 "번역은 충실하면 충실할수록 더 아름답고 아름다우면 아름다울수록 덜 충실하다."라는 폴 발레리의 고백을 교훈삼아 나의 번역도 그렇게 지향하려고 노력했다.

두말할 나위 없이 셰익스피어 작품의 훌륭한 번역가는 세 개의 얼굴을 가진 그리스의 아르테미스 여신보다도 한 개가 더 많은 얼굴을 가져야 된다고 한다. 즉, 네 개의 얼굴(四面性)이란 비평가적 얼굴, 언어학자적 얼굴, 연출가적 얼굴, 시인적 얼굴, 다시 말해서 비판의식과 어휘의 풍부함과 무대지식과 시인적 감각을 가리킨다. 이러한 사면성이 탄탄하게 갖춰졌을 때 비로소 극시인의 본래의 사상과 이미지, 그리고 영상을 충실하게 드러낼 수 있다고 하겠다.

나는 과거에 출간된 셰익스피어의 번역물들의 공통적 특성이라 할 산문투의 대사를 지양하고 될 수 있는 대로 무대언어로 옮기려고 노력했지만 뜻대로 되지 않은 점이 있어 아쉬움이 없지 않다.

그러나 셰익스피어 작품 완역(完譯)이 한국 출판문화, 더 나아가 정신문화를 윤택하게 하는 데 한 알의 밀알이 되었으면 하는 바람을 갖고 있다. 앞으로 좋은 번역이 나오는 데 있어 나의 역서가 한 징검다리가 될 수만 있다면 기쁘겠다.

끝으로 셰익스피어 전집이 우리말로 옮겨져 나오기까지 거친 원고를 정리하고 교정하여 책으로 만드는 데 많은 수고를 아끼지 않으신 도서출판 전예원 편집부원들과 따뜻한 정의(情誼)와 격려를 주신 분들에게 감사한다.

특히 건전한 번역문화를 선도하는 전예원 金鎭洪 박사의 각별한 배려와 후원에 크게 힘입었음을 밝히면서 동시에 따뜻한 감사를 드린다.

1995년 가을
신정옥

앤토니와 클레오파트라

〈등장인물〉

마크 앤토니
옥테이비어스 시저 ⎫ 로마의 세 집정관
이밀리어스 레피더스 ⎭

섹스터스 폼피어스

도미시어스 이노바버스
밴티디어스
이로스
스캐어러스 ⎬ 앤토니의 지지자들
더시터스
디미트리어스
파일로

미시너스
어그리퍼
돌러벨러 ⎬ 시저의 지지자들
프로큘리어스
타이디어스
갤러스

미너스
미니크러티즈 ⎬ 폼피어스의 지지자들
배리어스

토러스   시저의 부장(副將)

캐니디어스   앤토니의 부장

실리어스   밴티디어스 군대의 장교

학교 교사   앤토니로부터 시저에게 파견된 사절

알렉서스

마디언(내시)

실류커스   } 클레오파트라의 시종들

다이오미디즈

점술가

광대

클레오파트라   이집트의 여왕

옥테이비어   시저의 누이이며 앤토니의 부인

차미언

아이러스   } 클레오파트라의 시녀

기타   장교, 병사, 사자, 시종 등

〈장소〉

로마 제국

제 1 막

●

당신의 명예가 여기를 떠나라고
부르고 있어요. 그러니 저의 어리석은 넋두리엔
아예 귀를 틀어막으시고 신의 은총 속에 떠나세요.
당신의 그 칼에 영예의 월계수가 장식되기를!
가시는 발길마다 승리의 꽃송이가 뿌려지기를!
—3장 클레오파트라의 대사 중에서

제 1 장 알렉산드리아. 클레오파트라의 궁전 안의 한 방

디미트리어스와 파일로 등장.

파일로 그래, 요새 장군님이 사랑에 빠져 정신을 못 차리시는 모양인데 너무 지나치시단 말씀이야. 갑옷을 입은 군신처럼 만군을 호령하던 빛나던 눈동자였는데 ——이제 본래의 직분은 잊어버리고 거무튀튀한 면상이나 들여다보는 데 빠져 있단 말씀이야. 대전투 중에도 가슴의 조임쇠가 끊어져 나갈 정도로 용맹스럽던 그분의 심장이 이제 자제력을 잃고 집시 여인의 음탕한 욕정을 식혀 주는 풀무나 부채가 되었단 말씀이야.

트럼펫의 화려한 취주. 앤토니와 클레오파트라 등장. 뒤따라 시녀들, 시종들 등장. 내시 몇 명이 여왕에게 부채질을 하고 있다.

자 보시오, 저기에 오시는군. 잘 눈여겨 봐요, 천하의 세 기둥 중의 하나인 장군이 하찮은 창녀의 광대로 전락해 버렸지 않소. 자세히 좀 보시오.

클레오파트라 진정으로 사랑하신다면 그 사랑이 어느 정도인가 말씀해 보세요.

앤토니 가늠할 수 있는 것이라면 그건 비천한 사랑이오.

클레오파트라 얼마만한 사랑을 받고 있는지 그 한계를 알고 싶군요.

앤토니 그걸 알게 된다면 당신은 새로운 천지를 보는 게 되겠지.

사자 한 사람 등장.

사자 장군님, 로마에서 사신이 왔습니다.

앤토니 에잇, 귀찮다! 요점이나 말해.

클레오파트라 아녜요, 앤토니 장군, 사신을 만나 직접 이야기를 들어 보세요. 혹시 펄비어 부인께서 화를 내고 계신지도 몰라요. 아니면 아직 수염도 덜 자란 시저가 엄명을 보내왔는지 누가 알아요. "이렇게 하라, 저렇게 하라. 그 왕국을 정복하라, 저 왕국을 해방해 주어라. 명령대로 이행하지 않으면 엄벌에 처하리라." 하고 말예요.

앤토니 그게 무슨 말이오?

클레오파트라 글쎄요! 그게 틀림없어요. 시저로부터 소환장이 왔을 텐데, 그러니 이젠 여기 더이상 머무셔서는 안 돼요, 앤토니 장군. 사신을 만나 보세요. 펄비어의 소환장은 어디 있을까? 시저의 소환장이라고 말할까요? 아니, 두 가지 모두라고 할까? 사신들을 불러들이세요. 나도 이집트 여왕인데, 어머, 당신은 얼굴을 붉히시네. 앤토니 장군, 그게 바로 시저를 두려워하는 증거예요. 아니면 입이 험한 펄비어의 꾸지람에 찔 붕어가 될까 얼굴을 붉히시는 게 아닌가요. 어서 사신들을!

앤토니 로마가 타이버 강물에 먹혀도 좋다. 세계를 버티고 서 있는 로마 제국의 광대한 아치도 허물어져라! 이곳이 나의 영역이다. 왕국들은 한줌의 흙덩어리에 불과하다. 이

더러운 대지도 사람이든 짐승이든 다같이 먹여 길러 주지 않는가. 인생의 존귀함은 이렇게 하는 데 있다. 서로 뜨겁게 사랑하는 한 쌍의 애인이 (클레오파트라를 포용하며) 이렇게 얼싸안을 수 있으니. 벌을 준다고 할지라도 우리야말로 이 세상에 둘도 없는 고귀한 인간임을 세상 사람들에게 기어이 승인시킬 것이다.

클레오파트라 어머나, 거짓말도 썩 잘하시네! 펄비어와 결혼하고서 아내를 사랑하지 않다니? 난 바보가 아닌데도 바보로 보이는가봐. 앤토니는 본래의 자기로 돌아갈 것이고.

앤토니 클레오파트라에게 휘몰리지만 않는다면야. 자, 사랑의 여신이 주는 이 귀중한 시간을 거친 입씨름으로 낭비하지 맙시다. 우리들은 일분이라도 헛되게 보낼 수 없소. 자, 오늘밤에는 무슨 놀이를 하며 즐길까?

클레오파트라 사신들을 만나 보세요.

앤토니 또 그 소리, 입심도 좋군! 그렇지만 당신에게는 무엇이든 다 어울리오. 꾸짖는 것도, 웃는 것도, 우는 것도. 당신의 모든 감정은 한결같이 아름답고 훌륭하게만 보이지 뭐요! 당신의 사신 이외에는 어떤 사신도 만나지 않으리다. 오늘밤은 단둘이서 거리를 산책하면서 민정이나 살펴봅시다. 자 갑시다, 여왕 전하. 어젯밤에 당신이 하자고 그러지 않았소? (전령에게) 아무 말도 하지 말라. (앤토니와 클레오파트라, 시종들과 함께 퇴장)

디미트리어스 우리 장군님이 감히 저렇듯 시저를 모멸할 수 있나?

파일로 글쎄, 제정신을 잃을 때 장군님은 가끔 저러신다니까. 항상 지니셔야 할 위대한 본성을 잃고는 하시니.

디미트리어스 참으로 유감이군. 로마에서 돌고 있는 풍설이 헛된 것만도 아니군. 그러나 내일은 훨씬 좋은 행동을 보여 주실지도 모르지. 그럼 편히 쉬시오! (두 사람 퇴장)

제 2 장   앞의 장과 같음

몇 시간 후. 하인들이 요리를 옆방으로 들고 갔다, 들고 나왔다 한다. 그 방 안에서 향연을 베푸는 소리가 들려온다. 이윽고 그곳에서 이노바버스와 다른 세 사람의 로마인이 점술가와 이야기를 하며 나온다. 약간 떨어져서 클레오파트라의 시녀 차미언과 아이러스, 내시 마디언, 시종 알렉서스가 등장한다.

차미언   알렉서스 나리, 멋진 알렉서스 나리, 이 세상에서 다시 없이 늠름하신 알렉서스 나리, 전하께 침이 마르도록 칭찬하신 그 점술가는 어디 있죠? 아, 저도 남편될 사람에 대해 알고 싶어요. 바람둥이 아내 두고 머리에 뿔나면 그 뿔을 멋진 화환으로 장식한다는 그 사람 말예요.

알렉서스   자, 점술가!

점술가   예.

차미언   바로 이분인가요? 당신이 앞날을 척척 알아맞힌다는 분이신가요?

점술가   자연의 무궁무진한 신비의 책을 조금 풀이할 줄 안다고나 할까.

알렉서스   손을 내보여 봐요. (손을 내민다)

이노바버스   (하인에게) 속히 주안상을 들어 오너라. 술도 넉넉히 가져오구. 클레오파트라 여왕 전하의 만수무강을 위해 축배를 드려야겠으니 말이다. (하인들 과일, 술 등을 들고 와 탁자 위에 놓는다)

차미언　여보세요, 제게 행운을 주세요.

점술가　난 운수를 점지해 줄 뿐이지 행운을 드릴 수는 없소이다.

차미언　그럼 저의 운수를 맞혀 줘요.

점술가　아가씨는 앞으로 지금보다 훨씬 더 고와질 거요.

차미언　살이 찐다는 얘기겠지.

아이러스　그런 게 아냐, 늙으면 주름살 감추게 화장을 해야 한단 말이지.

차미언　맙소사, 주름살은 질색이야.

알렉서스　점술가를 방해하지 말아요. 조용히 들어야지.

차미언　쉿!

점술가　당신은 사랑을 받는 편이 아니라 주는 팔자군.

차미언　남자보다 차라리 술을 마셔서 가슴을 데우는 게 낫겠지.

알렉서스　원, 잠자코 들어 보래두.

차미언　자, 굉장히 좋은 운수를 말해 줘요! 아침나절에 세 분의 국왕과 혼인하고, 그들이 다 작고하고 과부가 될 팔자라든가. 쉰 살이 되어서 유대의 헤로데스 왕조차도 와서 경배를 올릴 아이를 하나 낳게 된다든가 또는 옥테이비어스 시저와 결혼하여 우리 전하와 당당하게 맞설 운수가 손금에 나타나 있지 않을까?

점술가　아가씨께서는 섬기는 여왕 전하보다 더 장수할 겁니다.

차미언　어머나, 멋져라! 난 무화과보다도 명줄이 긴 것을 더 좋아해요.

점술가　아가씨는 유감스럽게도 지금까지가 보다 행복했고 이제 불행에 휘말리게 됩니다.

차미언　그렇다면 내 자식들은 분명히 사생아들일 거야. 그럼 난 아들 딸 두루 몇 명이나 두게 될까요?

점술가　아이를 갖고 싶을 때마다 잉태하고 그때마다 생산한다면 아마 백만 명쯤은 되겠지만.

차미언　허섭스레기 같은 소리 하시네! 그러고도 점술가라고 할 수 있을까?

알렉서스　음란한 비밀을 알고 있는 건 이부자리뿐이라고 생각하나 보군.

차미언　그럼 아이러스의 운수를 맞혀 봐요.

알렉서스　누구나 다 자기 운명을 알고 싶어 하거든.

이노바버스　나나 거의 모든 사람의 오늘밤 운수는 ——술에 취해 곯아떨어지는 팔자라구. (술을 잔에 붓는다)

아이러스　(손을 내보인다) 다른 건 몰라도 이건 순결을 나타내는 손금이에요.

차미언　바로 나일 강이 범람하고 그 바람에 기근이 된다 그런 말이지?

아이러스　시부렁대지마, 이 노망든 색마 친구야. 그 꼴에 무슨 예언을 한다고 그래.

차미언　왜 이래, 손바닥에 기름이 흐르는 여자는 자식을 펑펑 낳을 팔자란 것쯤 누가 몰라. 그러니까 가려운 귓구멍이라도 쑤시는 거지. 제발이지 저애한테 흔하고 흔한 팔자나 점쳐 줘요.

점술가　당신들의 운수는 비슷하군.

아이러스　어떻게? 어떻게 비슷하죠? 자세히 말씀해 보세요.

점술가　아까 말했잖소.

아이러스　내 운수가 저애보다 한치도 좋지 않다구?

차미언　글쎄, 네 운수가 나보다 한치라도 좋다면……그 한치는 어디서 생긴 걸까?

아이러스　내 남편의 코가 높은 건 아니지.

차미언　어머나, 저런 쌍스런 생각을 하네! 알렉서스 님 차례지. 자 이분의 운수를 맞혀 봅시다. 이분의 운은! 아, 아이시스의 여신이시여, 제발 이분은 석녀(石女)와 결혼하게 해주세요! 그리고 그 아내를 죽게 하고, 다음에는 더 고약한 여자를 아내로 삼게 하세요! 그리고 계속해서 나쁜 여자를 얻고 또 얻고 해서 마침내 그 중에서도 가장 나쁜 아내가 쉰 번이나 서방질을 한 끝에 저분이 북망산으로 가는 걸 보고 가벼운 웃음으로 "안녕" 하게 하세요! 아이시스의 여신이시여, 좀더 중요한 소청은 거절하셔도 좋지만 이 소청만은 들어주소서. 아이시스의 여신이시여, 간청하나이다!

아이러스　아멘, 여신이시여, 우리의 기도를 들어주소서! 미남자가 서방질하는 아내와 사는 꼴은 보기에도 가슴이 찢어지는 일이지만, 지지리 못난 놈이 서방질을 당하지 않는 것도 똑같이 몹시 서글픈 일입니다. 그러므로 아이시스의 여신이시여, 사물의 도리에 맞도록 저분에게 응분의 운을 내려주소서!

차미언　아멘.

알렉서스　내가 오쟁이지는 걸 보기 위해서는 자기네들이 창녀가 되어도 좋다는 기세로구먼!

이노바버스　쉿! 앤토니 장군님이 오신다.

클레오파트라 등장.

차미언　아네요, 여왕 전하세요.

클레오파트라　장군님은 못 봤느냐?

이노바버스　네, 못 뵈었습니다, 여왕 전하.

클레오파트라　여기 오지 않으셨느냐?

차미언　네, 오지 않으셨습니다, 전하.

클레오파트라　술자리에서는 흥이 나셨는데 갑자기 로마 생각이 나셨는지 기분이 언짢아지신 모양이다. 이봐요, 이노바버스!

이노바버스　예, 전하.

클레오파트라　장군님을 찾아 이리로 모셔와요. (이노바버스 퇴장) 알렉서스는 어디 있지?

알렉서스　여기 대령하고 있사옵니다. 장군님이 오십니다.

앤토니, 사자와 몇몇 시종들을 거느리고 등장.

클레오파트라　만나지 않겠다. 날 따르라. (클레오파트라와 일행 퇴장)

사자　장군님의 부인 펄비어 님께서 앞장 서서 출진하셨습니다.

앤토니　내 동생 루시어스를 치려고?

사자　그러하옵니다. 그러나 그 전쟁은 곧 끝났습니다. 사태가 급변하여 두 분은 화해를 하고 병력을 합쳐 시저를 공격했습니다만 시저는 첫번 싸움에서 승리하고, 두 분을 이탈리아에서 추방해 버렸습니다.

앤토니 하면 최악의 소식은?

사자 나쁜 소식은 본래 전하는 사람이 미움을 받게 마련입니다.

앤토니 그건 듣는 사람이 바보나 겁쟁이일 때 그럴 것이다. 어서 말을 계속하라! 지나간 일들은 이미 과거지사가 아닌가. 나로서는 이렇다——내게 진실을 말해 준다면 설령 그 말 속에 죽음이 있다 하여도 난 칭찬을 듣는 것처럼 귀를 기울이겠다.

사자 레피더스께서는——아뢰옵기 황송한 소식입니다마는——파디아 군을 이끌고 유프라테스 강을 넘어 아시아 일대를 점령했습니다. 승리의 깃발은 시리아로부터 리디아와 아이오니아에 이르기까지 휘날리고 있습니다. 그러하오나——

앤토니 앤토니는 하고 말하고 싶지——

사자 오, 장군님!

앤토니 솔직히 털어놔 보라. 나에 대한 세상의 풍문을 어물쩍해 버릴 필요는 없다. 로마에서 클레오파트라를 무어라 부르더냐. 펄비어의 말투로 욕설을 퍼부어도 좋다. 그리고 진실과 악의가 말해 낼 수 있는 최대한으로 나의 과오를 책망해 다오. 아, 우리의 활기찬 정신도 잠자고 있으면 마음속에 잡초가 생기는 법. 남에게서 비난을 받는 것은 밭을 갈다가 잡초를 베는 것이나 다름없다. 잠시 물러가 있거라.

사자 분부대로 하겠나이다. (퇴장)

앤토니 시시온에서 온 사신은? 어디 소식 좀 들어 보자!

시종1 (문을 열고 부른다) 시시온에서 온 사신 거기 있소?

시종2 (급히 들어온다) 대령하고 있습니다.

앤토니 불러들여라. (방백) 이집트의 이 억센 족쇄를 부숴 버리지 않는 한 사랑에 넋을 잃어 내 일신을 망치고 말 것 같다.

　사자2, 편지를 가지고 등장.

넌 무슨 일로 왔느냐?

사자2 펄비어 부인께서 돌아가셨습니다.

앤토니 어디서 죽었단 말이냐?

사자2 시시온에서입니다. 병환(病患)의 경과와 기타 알아 두셔야 할 중대한 용건들이 모두 이 서면에 적혀 있습니다. (편지를 내민다)

앤토니 혼자 있고 싶다. (사자와 시종들 퇴장) 위대한 넋이 눈을 감아 버렸구나! 이렇게 되기를 바라고 있기는 했지. 그러나 인간이란 멸시하며 버린 것이라도 되찾고 싶어한단 말이다. 현재의 쾌락도 운명의 수레바퀴가 역전하면 그 반대인 고통이 되는 법. 세상을 떠나고 나니 그 여자는 좋은 아내였다. 될 수만 있다면 아내를 밀어내던 이 손으로 그녀를 끌어당기고 싶다. 내 마음을 홀리는 요부 같은 여왕과는 손을 끊어야 해. 나의 이 타락한 생활은 상상도 못할 무수한 해악을 빚어낼 거다. 여보게, 이노바버스!

　이노바버스 다시 등장.

이노바버스 장군님, 왜 그러십니까?

앤토니　급히 여기를 떠나야겠소.

이노바버스　그리하시면 우리가 여자들을 전부 죽이는 셈이 됩니다. 우리가 여자들을 냉대하면 그들에게는 치명적이 되는 거죠. 그냥 버리고 떠나면 온통 죽음의 악귀가 끓을 것 같습니다.

앤토니　무슨 일이 있어도 난 떠나야 하오.

이노바버스　부득이한 경우에는 여자들을 죽게 내버려 둘 수도 있습니다. 큰 뜻 앞에 여자들쯤은 별 문제가 되지 않지만 아무것도 아닌 일에 그 여자들을 버린다는 건 가엾습니다. 아마 클레오파트라 여왕 전하께서는 이런 소문만 들어도 당장 기절해 죽을 겁니다. 아무것도 아닌 일에 숨 넘어가는 걸 저는 스무 번이나 보았으니까요. 죽음의 신이란 게 사랑의 열기가 있어서 그런지 그녀를 꼬시는가 보죠, 그러니 걸핏하면 그렇게 죽으려 드니 말입니다.

앤토니　그녀는 남자를 뺨칠 만큼 능란한 여자이오.

이노바버스　원, 가당치도 않은 말씀입니다. 여왕 전하의 정열은 조금도 티가 없는 순수한 사랑 그 자체입니다. 전하가 일으키는 바람과 비를 한숨과 눈물이라고 말할 수는 없습니다. 그건 개벽 이래 처음 있는 대폭풍우요, 태풍입니다. 어찌 그것이 그분의 잔꾀이겠습니까. 만약 그것이 잔꾀라면 그분도 우레의 신 주피터처럼 비를 내리게 할 힘이 있을 겁니다.

앤토니　어쨌든 그녀를 만나지 않았어야 했어!

이노바버스　아, 그리된다면 장군님께서는 조물주가 창조한 경이로운 걸작품을 못 보실 뻔했죠. 그런 복을 받지 못하고 귀국하셨다면 어찌 널리 여행하신 보람이 있었겠습니까.

앤토니 펄비어가 죽었다네.

이노바버스 예?

앤토니 펄비어가 죽었단 말이오.

이노바버스 펄비어 부인께서?

앤토니 죽었어.

이노바버스 그렇다면 신들에게 감사의 제물을 올리십시오. 신들이 한 남자에게서 아내를 빼앗아간다는 건 이 지상에서 재봉사역을 시키려는 겁니다. 헌 옷이 해져 버리면 새 옷감이 얼마든지 있다고 위로해 주십니다. 만일 이 세상에 펄비어 부인 한 사람밖에 여자가 없다면 장군님에게 큰 타격이며 비탄스러운 사건일 겁니다. 그러나 이러한 슬픔은 결국 기쁨으로 바뀌는 법입니다. 낡은 속옷 대신 새 속치마가 생기게 마련이거든요. 이러한 슬픔에 눈물을 흘려야 한다면 그쯤은 양파로도 할 수 있는 일이니까요.

앤토니 아내가 본국에서 터뜨린 사건은 내가 없이는 해결이 안 돼.

이노바버스 장군님께서 이곳에 터뜨려 놓은 일도 장군님이 안 계시면 해결이 안 됩니다. 특히 클레오파트라 전하와의 일도 전적으로 장군님이 체류하시는 것에 달렸습니다.

앤토니 농담은 그만하오. 장병들에게 나의 뜻을 전하지. 난 곧 여왕을 뵙고 급히 귀국하게 된 사유를 밝히고 작별을 고하리다. 펄비어의 죽음뿐 아니라 그보다 더 긴급한 일이 날 재촉하고 있소. 로마에 있는 나와 뜻을 같이하는 많은 동지들이 편지로 나의 귀국을 호소하고 있소. 섹스터스 폼피어스는 이미 시저에게 도전하여 현재 해상의 지배권을 장악하고 있다지 않소? 경박한 민중들은 공적이 있을 때 그를 사랑하지 않고 공적이 지난일이 된 다음에야 비로소 그 공로자를 사랑하는 법이오. 그러니 민중들도 이제 대폼피의 명성과 온갖 칭호를 아들 섹스터스에게 던져 주고 있소. 그자는 지금 명성과 권력이 높고 혈기와 정력이 충천하여 천하의 영웅으로 거들먹거리고 있지. 그러니 그자의 야망을 그대로 내버려 둔다면 로마 제국의 화근이 될지도 모를 일. 도처에서 준동하고는 있지만 말털도 물에 적시면 뱀이 된다고 하니 아직 겨우 생명은 있으되 뱀의 독은 갖지 않았소. 이곳을 즉시 떠나야 한다는 나의 명령을 믿을 만한 직속 부하들에게 전할 것.

이노바버스 분부대로 전하겠습니다. (두 사람 퇴장)

제 3 장   앞의 장과 같음

클레오파트라, 차미언, 아이러스, 알렉서스 등장.

클레오파트라   장군은 어디 계시지?

차미언   아까부터 뵙지 못했습니다.

클레오파트라   어디서, 누구와, 무엇을 하고 계시는지 보고 오너라. 내가 널 보낸 걸 눈치채게 해서는 안 된다. 울적해하시거든 내가 춤을 추고 있다고 해라. 만일 즐거워하시거든 내가 갑자기 병이 났다고 전해라. 곧 다녀오너라. (알렉서스 퇴장)

차미언   전하, 장군님을 진정으로 사랑하신다면 그런 방법으로는 그분의 사랑을 얻기가 어려울 것 같습니다.

클레오파트라   어떻게 하면 좋지?

차미언   매사를 그분 뜻대로 하시게 하세요. 거역하시면 안 됩니다.

클레오파트라   바보 같은 소릴 다 하는구나. 그랬다가는 그분에게 버림받고 말 거다.

차미언   너무 그분을 도발하지 마세요. 가만 놔두시는 겁니다. 너무 귀찮게 굴면 싫증이 나기 쉽거든요.

앤토니 등장.

아, 앤토니 장군님께서 오시는군요.

클레오파트라   왜 이렇게 몸이 무겁고 기분이 언짢을까.

앤토니 미안하지만 부득이 털어놓을 말이 있소 ——

클레오파트라 차미언, 날 좀 부축하고 안으로 들어가자. 기절할 것만 같아. 도저히 오래 서 있을 수가 없어. 당장 몸이 부서질 것만 같구나.

앤토니 왜 이러시오, 사랑하는 나의 여왕 ——

클레오파트라 제발 물러가 주세요.

앤토니 어찌 된 일이오?

클레오파트라 당신 눈이 모든 것을 말해 주고 있어요. 좋은 소식이 있죠? 부인께서 곧 돌아오시라고 하나요? 애당초 부인께서 당신을 이곳에 못 오도록 했으면 좋았을 거 아녜요! 내가 당신을 이곳에 붙잡아 둔 것처럼 부인께 오해받고 싶지 않아요. 난 당신에게 아무런 힘도 없어요. 당신은 부인의 것이니까.

앤토니 신들께 맹세하지만 ——

클레오파트라 아, 자고로 여왕으로서 이렇듯 가혹한 배반을 당한 일이 또 있었을까! 당신에게 배반당하리라는 건 첫눈에 알고 있었어요.

앤토니 클레오파트라 ——

클레오파트라 아무리 당신이 옥좌에 앉은 신들을 흔들어 놓을 만큼 큰 소리로 맹세해도 충실하게 내 것이 될 수 있으리라고는 생각할 수 없어요. 부인께마저 부실한 당신인 걸요. 굳게 맹세한 그 입으로 식은 죽 먹듯 깨뜨리는 그 맹세를 믿다니 내가 미치고 미쳤지!

앤토니 자, 사랑하는 여왕 ——

클레오파트라 제발 떠나가기 위한 구실만 궁상맞게 찾지 말고 작별인사나 하고 떠나세요. 머무시겠다던 시절에는 서로 하고픈 말도 많았지만, 가시겠다는 말씀이 어디 있었어요? 우리들의 입술과 눈에는 영원이 깃들었고 활처럼 휜 우리들의 눈썹에는 축복이 서려 있었죠. 그리고 우리들의 육신 구석구석에까지 부정함이 없이 오로지 천상의 청초함이 풍겼어요. 그런 점은 지금도 같아요. 그렇지만 달라진 점이 있다면 천하의 대장군인 당신이 최고의 거짓말쟁이로 변해 버렸다는 것이죠.

앤토니 왜 이러는 거요!

클레오파트라 내가 당신 키만 했으면 얼마나 좋을까. 이집트 여왕에게도 용기가 있음을 보여 드릴 텐데.

앤토니 부탁이오, 내 말을 들어 봐요. 긴박한 사태가 부르고 있어 잠시 군무(軍務)로 돌아갈 뿐이오. 그러나 나의 마음은 전부 당신에게 맡기고 가오. 나의 조국 이탈리아에는 내란의 피바람이 일고 있소. 섹스터스 폼피어스는 이미 로마의 항구까지 쳐들어왔다 하오. 국내 두 파의 세력이 서로 백중할 때는 당연히 기회주의자가 생기게 마련이고, 미움받던 자도 일단 세력이 커지면 새로이 사랑을 얻게 되는 법이오. 추방당한 폼피가 그의 부친의 명예를 등에 업고 현 정부에 불만을 품은 자들의 마음을 휘어잡아, 이제 그 병력이 무시 못할 정도가 되었소. 뿐만 아니라 평화도 안일무사에 싫증이 나면 피를 흘려서라도 격렬한 변화를 갈구하게 되는 법이오. 그리고 나의 개인적인 일이지만 나의 귀국을 당신이 안심해도 좋은 건 펄비어가 죽었다는 사실이오.

클레오파트라 내 이 나이가 되었어도 어리석기는 하지만 이젠 어린아이는 아닙니다. 펄비어가 죽었다고요?

앤토니 정말 그 여자는 죽었소. 이걸 봐요, 펄비어가 어떤 분란을 일으켰는지, 한가로울 때 이 편지를 읽어 봐요. 맨 마지막에 가장 중요한 말이 있으니 그 여자의 죽은 날짜와 장소를 보시오.

클레오파트라 어쩌면, 저렇게 부실할 수가 있을까! 슬픈 눈물을 담을 신성한 눈물단지는 대체 어디에 두었지요? 아, 이제 알겠어요, 알고말고요, 펄비어가 죽어서 저러하니 내가 죽어도 어떤 대우를 받을 것인가 뻔해요.

앤토니 언쟁은 이제 그만하고, 내 결심을 들어 보시오. 내 계획의 실행 여부는 오직 당신 충고에 달려 있소. 나일 강의 진흙에 생명을 주어 뱀으로 변하게 하는 저 태양에 걸고 맹세하오――난 당신의 병사로서 당신의 종복으로서 출전하여 당신이 뜻한 대로 화해도 하고, 전쟁도 하리다.

클레오파트라 이 끈을 풀어다오. 차미언, 어서. 그만 둬라――내 기분은 갑자기 나빠졌다 좋아졌다 한단 말이다――앤토니 장군의 사랑처럼 변덕이 심하단다.

앤토니 여왕, 잠시 참아 주오. 이 대장부의 사랑을 믿어 주시오. 진정한 사랑인지 아닌지는 증명해 주리다.

클레오파트라 펄비어 건으로도 충분히 알고 남아요. 자, 저쪽으로 돌아서서 그 여자를 위해 통곡하세요. 그 다음에 내게 작별인사를 고하며 그 눈물은 이집트 여왕을 위해서 흘렸다고 말하세요. 자요, 아주 그럴싸한 연극의 한 장면을 보여 주세요. 아무리 보아도 매우 성실한 것처럼 말예요.

앤토니 내 분통을 터지게 할 거요? 그만하오.

38

클레오파트라 어머, 좀더 잘하실 수 있을 텐데 ──지금 연기도 괜찮기는 했지만.

앤토니 자, 내 칼에 걸고 ──

클레오파트라 그리고 방패에 걸고도 맹세하시고요. 점점 더 잘하시지 뭐예요. 하지만 아직 최고는 아니고. 자 봐라, 차미언, 아, 역정을 내는 역에 허큘리즈의 피를 받은 이 로마인이 가장 잘 어울리신다.

앤토니 (고개를 숙인다) 이제 작별이오, 여왕 전하.

클레오파트라 잠깐, 한 마디만 하겠어요. 장군, 당신과 나는 헤어져야 돼요. 한데 말씀드리고 싶은 건 그게 아니에요. 장군, 당신과 난 서로 사랑했지만 이 말을 하자는 것도 아니죠. 그건 당신이 더 잘 알고 계실 거예요. 아니, 내가 무슨 말을 하려고 했지. 아, 내 건망증 좀 봐. 앤토니 장군과 똑같아, 몽땅 잊어버리니.

앤토니 여왕이신 당신이 신하들처럼 경박함을 억제하지 못한다면 난 여왕을 호들갑스럽다고 볼 수밖에 없을 거요.

클레오파트라 경박함이라고 말하지만 클레오파트라처럼 가슴에 굳게 품고 있다면 진땀나는 고통이에요. 하지만 절 용서하세요. 어떠한 매력도 당신 눈에 아름답게 비치지 않는다면 그건 나에게 고통스런 씨앗이에요. 당신의 명예가 여기를 떠나라고 부르고 있어요. 그러니 저의 어리석은 넋두리엔 아예 귀를 틀어막으시고 신의 은총 속에 떠나세요. 당신의 그 칼에 영예의 월계수가 장식되기를! 가시는 발길마다 승리의 꽃송이가 뿌려지기를!

앤토니 그럼 떠나리다. 자아, 우리들의 이별은 결국 남기도 하고 떠나기도 하는 그런 것이오. 비록 당신은 여기 머물고 있지만 마음은 나와 함께 떠나고, 난 여길 떠나도 마음은 당신과 함께 여기 남는다오. 자아, 갑시다. (모두 퇴장)

제 4 장   로마. 시저 저택의 한 방

옥테이비어스 시저가 편지를 읽으면서 등장. 레피더스와 시종들도
등장.

시저   레피더스 장군, 앞으로도 알고 계셨으면 하는데, 이
시저는 악덕스럽게 태어나서 위대한 동료를 증오하는 건 결
코 아니오. 알렉산드리아로부터의 보고에 따를 것 같으면 그
사람은 낚시질을 한다, 술을 마신다, 밤새도록 잔치를 베푼
다 하며 진탕 환락에 빠졌다고 하지 뭡니까. 이건 클레오파
트라가 더 대장부답다고 하든가 아니면 톨레미의 여왕보다
그가 더 여자 같다고 해야 할 지경이오. 사신을 보내도 접견
을 해주나, 동료가 있다는 것도 잊은 것 같소. 아마 인간이
범하는 죄의 총합 같은 한 사나이를 보는 것 같소.

레피더스   그분의 미덕을 몽땅 뭉개 버릴 정도로 죄가 있
다고 생각해서는 안 되지요. 그분의 과오라 해도 이는 밤하
늘의 별들처럼 어두운 가운데서 뚜렷이 비치거든요. 배워서
얻은 것이 아니라, 선천적인 것이어서 스스로도 어찌 할 도
리가 없는 거요.

시저   너무나 관대한 의견이시군요. 가령 그가 톨레미 왕
궁의 침대 속으로 굴러 떨어진 것쯤 큰 잘못이 아니라고 합
시다. 하룻밤의 환락을 위해서 한 왕국을 던져 주는 것도 좋
다 합시다. 노예들과 앉아서 술잔을 나누고, 대낮에 비틀거
리며 거리를 걷고, 또는 땀내음나는 건달패들과 주먹다짐을

하는 것까지도 다 어울린다고 칩시다——그러나 이러한 짓들을 하면서 더럽혀지지 않는 성품은 극히 드문 일이지만——그의 경솔 때문에 우리가 큰 부담을 지게 된다면 앤토니도 도저히 그의 죄를 변명할 여지가 없을 겁니다. 그가 단지 한가한 시간을 메우기 위해 주색에 탐닉해 지낸다면 그 후환은 소화불량이나 뼈가 마르는 병 정도로 끝나겠지요. 그러나 지금은 군의 북소리가 방탕의 꿈을 물리치고 우리와 함께 나라의 긴요한 사태를 책임져야 할 때인데——이를 무시해 버리고 있다면 성숙한 지식을 가지고서도 눈앞의 쾌락을 위해서 지금까지의 경험을 잊고 분별에 반역하는지라 소년들을 꾸짖듯 우리가 호되게 꾸짖어 주어야 한단 말입니다.

사자 한 사람 등장.

레피더스　보고가 또 왔군요.

사자　시저 각하, 각하의 분부대로 거행했습니다. 해외정세를 앞으로는 시시각각 보고하기로 했습니다. 폼피는 해상의 병력을 증대하고 있으며 지금까지 각하를 두려워하던 자들도 그를 따르고 있는 것 같습니다. 항구란 항구에는 불평분자들이 모여들어 그가 부당하게 학대받은 사람이라고 마구 떠들어대고 있습니다.

시저　그만한 일쯤은 나도 알아 두어야 했겠지. 오랜 역사가 말해 주는 바이지만 권력을 가진 자가 권세를 갖게 될 때까지는 대중들로부터 촉망을 받는 법이고, 운명이 기운 자는 누구한테나 사랑을 받지 못하다가 패가망신해서 아주 없어지면 한참 후에야 훌륭한 자라고 애석해 하는 법이다. 대중이란 마치 수면에 떠 있는 붓꽃 같아 물결에 이리저리 밀려 다니다가 마침내는 그대로 썩어 버리고 말거든.

사자　시저 각하, 각하께 말씀드리나이다. 이름난 해적 미니크러티즈와 미너스 두 사람이 해상을 주름잡고 있으며, 선박들을 부리며 횡포를 부리고 있습니다. 이탈리아 곳곳에 맹렬한 공격을 가하고 있다고 합니다. 변두리 해안의 주민들은 그 때문에 파랗게 질려 공포에 떨고 있으며 혈기 좋은 청년들은 다투어 폭도가 되고 있습니다. 항구 밖으로 배가 얼씬만 해도 발각되어 나포당하고 맙니다. 폼피의 이름은 그의 병력 이상으로 위력을 발휘하고 있습니다.

시저　아, 앤토니, 그 음탕한 주연을 걷어치우지. 일찍이 그대가 두 집정관 허시어스와 팬서를 죽인 다음 모데이너에서의 싸움에 패하여 퇴각했을 때 이야기다. 바로 기근이라는 대적이 뒤따라왔지. 그렇지만 그대는 애지중지 자라난 신분이면서도 야만인조차도 감내할 수 없을 정도로 이를 악물고 굶주림과 싸우지 않았던가. 그대는 말 오줌을 마셨고, 짐승들도 토해 버릴 만한 지저분한 웅덩이의 물을 마시지 않았던가? 더러운 생울타리에 열린 떫은 열매를 달갑게 먹기도 했잖은가? 그래, 눈으로 하얗게 뒤덮인 초원을 헤매는 사슴처럼 나무 껍질마저 먹었겠다? 알프스 산에서는, 그걸 보기만 해도 죽은 사람이 있다는 괴상한 날고기를 그대가 먹었다고 하잖은가. 이러한 온갖 고난조차 ——지금에 와서 얘기를 하면 그대 명예를 손상하는 것이 되겠지만 ——용사답게 잘 감내했고 얼굴도 여위지 않았다고 하더라!

레피더스　애석한 일입니다.

시저　어쨌든 스스로 수치를 깨닫고 재빨리 로마로 돌아와야 할 것이오. 이럴 게 아니라 우리 두 사람은 벌써 출전했어야 당연하니, 즉시 작전회의를 열기로 합시다. 우리가 넋놓고 있는 동안에 폼피만 유리해지오.

레피더스　내일이 되면 현재의 상황에 대처하기 위해 내가 해륙 합해서 얼마나 병력을 동원할 수 있을지 명확하게 알려 드릴 수 있지요.

시저　나 역시 그걸 알아 보리다. 그럼 안녕히.

레피더스　그럼 또 뵙지요. 그 동안 국외의 동정에 대한 정보를 입수하시면 이 사람에게도 알려 주시기 바랍니다.

시저　염려 마시오. 그건 내 의무가 아니오? (모두 퇴장)

제 5 장　알렉산드리아. 클레오파트라의 궁전

클레오파트라, 차미언, 아이러스, 마디언 등장.

클레오파트라　차미언!

차미언　네?

클레오파트라　(하품을 하면서) 하, 하! 맨드래고라(마취약)를 가져오라, 마시게.

차미언　전하, 왜 그러시옵니까?

클레오파트라　앤토니 장군이 없는 이 길고 지루한 시간을 잠이나 푹 자고 싶다.

차미언　전하께서는 장군님만을 사모하고 계십니다.

클레오파트라　무엄하게 날 배반해!

차미언　그렇지 않사옵니다, 전하!

클레오파트라　여봐라, 마디언!

마디언　예, 무슨 분부시옵니까?

클레오파트라　지금은 네 노래를 듣고 싶은 게 아니다. 나에게 내시가 할 수 있는 건 아무것도 없잖은가. 넌 불알을 깠으니까 마음이 편할 거다. 남자라고 이 이집트를 떠나 외국으로 달려갈 방자한 생각은 감히 먹지 않겠지. 그나저나 네게도 정열은 있느냐?

마디언　있다뿐이겠습니까?

클레오파트라　그게 사실이렷다?

마디언   황공하오나 전하, 행동으로는 못 합니다. 그저 정절을 꼭 지키는 것 이외는 무능하기 짝이 없습니다. 그렇지만 소인에게도 불타오르는 정열은 있습니다. 저 아름다운 비너스 여신이 군신과 저지른 일쯤은 알고 있답니다.

클레오파트라   오 차미언, 넌 장군님이 지금 어디쯤 계실 것 같으냐? 서 계실까, 앉아 계실까? 아니, 걷고 계실까? 아니면 말을 타고 계실까? 아, 말은 참으로 행복도 하여라. 앤토니 님을 등에 싣고 있으니 말야! 말아, 잘 모셔라! 넌 네가 태운 그분이 누구신 줄이나 아느냐? 이 세계의 절반을 등에 짊어지신 영웅이시며, 그분은 인간의 칼이오, 투구이시다. 앤토니 님은 지금 이런 말을 하고 계실 거다. 아니 속삭일지도 몰라. "나일 강의 내 뱀은 어디 있는가?"라고. 그분은 항상 날 그렇게 부르셨어. 난 지금 달콤한 독을 마시고 있어. 태양의 신에게 너무나 큰 사랑을 받아 온몸이 거무튀튀하게 타고, 세월이 흘러 깊은 주름살이 패인 날 그분은 잊지 않고 계실까? 이마가 넓은 시저, 당신이 이 세상에 살아 계셨을 때 난 제왕에게 드려도 창피스럽지 않은 공물이었지. 그리고 저 폼피 대왕도 우뚝 서서 내 얼굴을 바라보며 시선을 못박고 자기의 생명인 양 뚫어지게 바라보며 죽을 수도 있다는 태도였지.

알렉서스, 앤토니한테서 돌아온다.

알렉서스   전하, 만수무강하소서!

클레오파트라   넌 어째서 마크 앤토니 장군과 그렇게 딴판이냐! 그래도 그분한테서 돌아온 탓인지 그의 빛을 받아

약간 빛이 나는구나. 그래, 나의 마크 앤토니 장군님께서는 어떻게 지내시더냐?

알렉서스   장군님께서 마지막으로 하신 일은, 광채나는 이 동방의 진주에다 입을 맞추신 것입니다——몇 번이고 입을 맞추셨습니다. 그러면서 하신 말씀이 지금도 이 가슴에 못박혀 있습니다.

클레오파트라   그 말씀을 너의 가슴에서 뽑아다가 내 귓속에 심어야겠다.

알렉서스   이렇게 말씀하셨습니다. "자, 진실한 로마인이 대이집트 여왕께 이 진주를 선물한다고 전하라. 비록 이 선물은 하찮은 것이나 앞으로 전하의 화려한 옥좌에 여러 왕국을 바쳐 동방의 전국토를 전하의 발 밑에 두게 할 것이다."라고. 그러면서 머리를 끄덕이시곤 엄숙히 준마에 올라타셨습니다. 그놈의 말이 어찌나 요란하게 울어대는지 소인이 하고 싶은 말은 그만 자지러지고 말았습니다.

클레오파트라   그분께선 침울하시더냐, 명랑하시더냐?

알렉서스   마치 삼복더위와 동지섣달 추위 한중간쯤처럼 침울하지도 명랑하지도 않으셨습니다.

클레오파트라   아, 어쩌면 그렇게도 균형이 잡힌 성품이실까! 봐라, 차미언, 그게 바로 그분이시다. 좀 생각해 봐라. 침울하지 않으셨다지? 그건 곧잘 기뻐하고 걱정하는 병사들에게 명랑한 얼굴을 보여 주고 싶었기 때문이야. 그리고 명랑하지도 않으셨다지? 그건 그분의 본심이 가장 좋아하는 사람과 함께 이 이집트에 있다는 증거를 보이신 것이다. 하지만 두 가지의 중간이란 참으로 훌륭한 조화시다! 아, 참으로 신묘한 천품이시다! 아무리 격한 슬픔도 기쁨도 그분에게는 잘 어울리지. 아무도 흉내내지 못해. 내가 보낸 사자들을 만났느냐?

알렉서스   네, 전하, 스무 명을 각각 다 만났습니다. 왜 그렇게 연달아 사자를 보내셨습니까?

클레오파트라   내가 앤토니에게 사자를 보내는 것을 잊는 날이 있다면 그날 태어나는 자는 거렁뱅이가 되어 죽는 것이 좋으리라. 차미언, 잉크와 종이를 가져온. 참 잘 돌아왔다, 알렉서스. 내가 대시저를 이렇게 사랑했더냐, 차미언?

차미언   아, 훌륭하고 훌륭하신 대시저!

클레오파트라   또 그런 찬사를 해봐라, 숨구멍을 틀어막겠다! 훌륭하신 앤토니 장군이라고 말해.

차미언   늠름하신 대시저!

클레오파트라   아이시스 수호신에게 맹세하지만 내 너의 이빨을 분질러 놓고 말 테다. 사나이 중의 사나이이신 나의 님을 시저와 비교하다니.

차미언   용서하시옵소서, 다만 전하의 흉내를 내보았을 뿐이옵니다.

클레오파트라   그런 말을 한 것은 분별력도 없고 정도 없던 철부지 때이다. 자, 안으로 들어가자. 잉크와 종이를 가져오라. 매일매일 그분에게 편지를 보낼 테다. 이집트 백성을 모두 동원해서라도 말이다. (모두 퇴장)

제 2 막

사람이란 자신의 일은 모르는 것,
종종 자기에게 해가 되는 것을 기원한단
말입니다. 그것을 현명한 신들은 아시고 우리들을
위해서 거절하십니다.
—1장 미너스의 대사 중에서

제 1 장 메시너. 폼피의 저택

폼피, 미니크러티즈, 미너스, 무장을 하고 등장.

폼피 위대한 신들이 공정하시다면 반드시 가장 올바른 사람들의 행동을 가호해 주실 거요.

미너스 폼피 장군님, 지금 당장 신의 가호가 늦다고 해서 반드시 버림받은 것은 아닙니다.

폼피 하지만 우리가 신들에게 탄원하고 있는 동안 그 탄원의 대상은 썩어 문드러지고 말 거요.

미너스 사람이란 자신의 일은 모르는 것, 종종 자기에게 해가 되는 것을 기원한단 말입니다. 그것을 현명한 신들은 아시고 우리들을 위해서 거절하십니다. 그래서 우리의 기원이 헛되게 되는 것이지만 그것이 오히려 우리들에게는 이익이 되는 것이죠.

폼피 일은 잘 되어 갈 거요, 민심이 날 따르고 있으니. 제해권도 내 손 안에 있고, 병력은 초승달을 닮아 점점 커져가니 머지 않아 만월이 될 테지. 마크 앤토니는 이집트에서 향연에 빠져 밖으로 나와 싸울 것 같지 않고, 시저는 돈을 긁어 모으는 데 눈을 붉혀 인심을 잃고 있고, 레피더스는 두 사람에게 아첨이나 하고 또 두 사람 역시 그자에게 아첨을 하고 있지만 서로 사랑하거나 신뢰하는 사이는 아니지.

미너스 시저와 레피더스는 벌써 싸움터에 출진하고 있습니다, 대병력을 거느리고.

폼피　어디서 들었소? 그건 낭설이오.

미너스　실비어스에게서 들었습니다.

폼피　그자는 꿈을 꾼 모양이군. 확실히 두 사람은 로마에서 앤토니가 와서 합세해 주기를 기다리는 거지. 탕녀 클레오파트라여, 온갖 사랑의 마법으로 너의 그 시든 입술에 윤기가 흐르도록 해다오! 미모에 마법을 걸고, 게다가 색정의 힘까지 동원하는 거다! 그 탕아를 술자리에 묶어 놓고 그자의 골통까지 술기운이 꽉 차게 해다오. 천하의 일류 요리사는 싫증 안 나는 양념으로 그자의 식욕을 무섭게 돋워서 자고 먹고, 먹고 자게 해서 자신의 명예를 망각의 강물에 흘려 버리게 해주려무나 ——

배리어스 등장.

그래, 배리어스, 어찌 됐소!

배리어스　전해 드릴 정보는 아주 확실한 것입니다. 지금 로마에서는 마크 앤토니가 도착하기를 학수고대하고 있답니다. 이집트를 떠났는데 도착할 날짜가 훨씬 지났답니다.

폼피　좀더 들어볼 만한 보고였더라면 흡족했을 텐데 이게 무슨 소린가? 미너스, 난 그 색정에 푹 빠진 자가 이런 시시한 전쟁에 투구를 쓰고 나설 줄은 몰랐소. 그자의 전력은 다른 두 사람의 곱절이나 되긴 하지만 그래도 내가 반란을 일으키자 그 호색가 앤토니가 이집트 과부의 무릎을 박차고 나섰다는 것은 우리가 큰일을 한 증좌이니 정말 자랑할 만한 일이오.

미너스　시저와 앤토니가 화목하리라고는 생각되지 않습니다. 그자의 죽은 부인은 시저에게 반역했고, 그의 동생은 시저에게 전쟁을 걸지 않았습니까. 물론 앤토니의 사촉이 있었다고는 생각지 않습니다만.

폼피 그렇지만 미너스, 작은 반목은 큰 반목을 위해 양보하는 법이오. 만일 우리가 전쟁을 일으키지 않았더라면 그들 세 사람은 반드시 자기들끼리 싸웠을 거요. 서로 칼을 빼어들 근거를 충분히 갖고 있으니까. 그러나 지금은 우리가 두렵고 하니 서로 뭉치고 사소한 다툼은 억누르겠지. 아직은 모르는 일이오. 그것은 신의 의사에 맡기기로 합시다! 지금 우리들로서는 목숨을 걸고 싸울 뿐이오. 자, 미너스. (모두 퇴장)

제 2 장   로마. 레피더스의 저택

이노바버스와 레피더스 등장.

레피더스   이노바버스, 자신의 대장에게 될 수 있는 대로 부드럽고 점잖게 말씀하시도록 진언하는 것은 값진 일이고, 자네에게 또 알맞는 일일세.

이노바버스   난 다만 당신답게 말씀하시라고 진언하렵니다. 만약 시저가 감정을 건드리는 말을 하면 앤토니는 시저의 머리통을 쏘아보면서 군신처럼 호통을 치실 겁니다. 주피터 신에 맹세하지만 내가 만일 앤토니의 수염을 갖고 있다면 오늘은 결코 수염도 깎지 않고 시저를 만나러 갈 것입니다.

레피더스   지금은 사적인 감정을 내세울 때가 아니라네.

이노바버스   감정이 나는데 어찌 때를 가리겠습니까.

레피더스   하지만 작은 일은 큰 일에 길을 비켜 줘야지.

이노바버스   작은 일이 먼저 일어나면 할 수 없지 않습니까?

레피더스   자네 홧김에 하는 말이겠지. 그러나 다 꺼진 불을 다시 일으키지는 말게. 아, 저기 앤토니 장군이 오는군.

앤토니, 밴티디어스와 이야기를 하며 등장.

이노바버스   저기 시저 님도 보이신다.

54

시저, 미시너스, 어그리퍼 다른 문으로 등장.

앤토니 여기서 합의를 보게 되면 파디아로 떠나지. 밴티디어스, 귀를 좀.

시저 잘 모르겠군, 미시너스. 어그리퍼에게 물어 보게.

레피더스 두 분께 말씀드리겠습니다. 우리들을 결속시킨 이유는 나라의 위급한 사정 때문이오. 절대로 사소한 일로 우리가 분열되어서는 아니 됩니다. 피차 잘못된 일이 있으면 서로 점잖게 얘기를 나누기로 합시다. 사소한 의견 차이를 가지고 심사꼬인 말투로 떠들어 댄다면 상처를 고치려다가 오히려 사람을 잡는 격이 될 것입니다. 두 동지여, 내 간절히 원하오. 서로 아픈 점을 건드릴 때는 부드러운 언사로 대하시고, 악의에 찬 말로 남의 감정을 갉퀴질하지 않도록 합시다.

앤토니 잘 말씀하셨소. 적을 앞에 두고 진두에 서서 싸워야 할 경우라도 난 이렇게 하리다. (시저의 손을 잡는다. 트럼펫의 화려한 취주)

시저 로마로 잘 돌아오셨습니다.

앤토니 고맙소.

시저 우선 앉으시오.

앤토니 먼저 앉으시오.

시저 아, 그럼.

앤토니 내가 알기로 당신은 무근한 일을 가지고 아니, 당신과 하등 무관한 일을 가지고 오해를 하고 있는 것 같소.

시저 당연히 난 조소를 받아야 옳을 거요. 만약 무근한 일에, 아니 별것도 아닌 일에 다른 사람도 아닌 당신을 비난했다면 말이오. 더욱이 나 자신과 아무런 이해 관계도 없는데 당신 이름을 들먹이며 헐뜯었다면 더 큰 조롱을 받아 마땅하오.

앤토니   그렇다면 나의 이집트 체류가 당신과 무슨 상관이 있단 말이오?

시저   그야 없겠지, 로마에 있는 것이 이집트에 있는 당신과 아무런 관계가 없듯이. 하지만 거기서 내게 대해 어떤 모사를 꾸민다면 당신의 이집트 체류는 내게 큰 관심사가 되겠지.

앤토니   모사를 꾸미다니 그게 무슨 말이오?

시저   이곳에서 내가 겪은 사건으로 미루어 추측이 갈 텐데, 내가 무슨 말을 하려는지. 당신의 부인과 동생이 내게 군사를 일으켜 도전해 오지 않았소. 그 목적은 당신을 위해서였소. 어쨌든 당신이 개전(開戰)의 구실이 된 것만은 사실이지.

앤토니   그건 당신의 오해요. 내 아우는 결코 날 전쟁의 구실로 삼지는 않았소. 당신의 진영에서 싸운 어떤 믿을 만한 사람한테서 들었는데 내 아우는 당신에게도 그렇지만 나에게도 권위를 떨어뜨리는 짓을 한 거요. 나와 당신이 동지인데 말이오. 그러니까 내 아우가 일으킨 싸움은 내게도 화살을 당긴 셈이 되지. 이 점에 대해서는 앞의 편지로 충분히 해명이 됐을 터인데. 당신은 그 전쟁의 진상을 이리저리 꼬아 붙여서 동기를 조작하려 하는데, 씨가 없으니 당치도 않은 소리.

시저　당신은 내가 판단을 그르친 것처럼 헐뜯고 당신 자신을 치켜 올리지만 당신이야말로 변명을 조작하는군.

앤토니　아니지, 그렇지 않다구. 당신이 그만한 판단이 없다고는 믿지 않지. 내 아우는 도전해 왔지만 대의(大義)에 있어 당신의 동지인 내가 나 자신의 평화까지 위협해 오는 전쟁을 어찌 강 건너 불 보듯 바라만 보겠소. 내 아내로 말하면 그러한 여장부를 한번 아내로 맞아 보면 알 일이지만 세계의 삼분의 일은 당신이 고삐 하나로 손쉽게 지배할지 몰라도 그러한 아내는 어림도 없는 일이오.

이노바버스　(방백) 우리가 모두 그런 아내를 갖는다면 얼마나 좋을까. 남자들은 동부인해서 싸움터에 나갈 수 있고!

앤토니　──이만저만해선 다루기가 어려운 여자요. 내 아내의 난동은 타고난 가랑잎에 불 붙는 듯한 성미에다가 심술궂은 책략이 따라서 많은 심로를 끼쳐 미안하오만 나로서는 어찌할 도리가 없음을 인정해 주면 좋겠소.

시저　당신이 알렉산드리아에서 흥청거리고 있을 때 내가 편지를 보내지 않았소? 그런데 당신은 그것을 읽지도 않고 주머니 속에 처넣어 버렸겠다. 그뿐인가, 사신을 제대로 접견도 하지 않고 욕설로 쫓아내 버렸지 뭐요.

앤토니　그때 그 사신은 내 허락도 받기 전에 들이닥쳐 왔소. 그때 마침 세 국가의 왕들에게 향연을 베풀고 난 다음이라 아침나절과 같은 맑은 정신이 아니었지. 그러나 다음날 사신에게 그 전날의 내 사정을 설명했으니 그건 용서를 빈 것이나 다름없지 않소. 우리들의 논쟁에 사신을 개입시키지 말아요. 비록 우리가 시비를 하더라도 말이지, 그런 자는 빼

버리자 이 말이오.

시저   당신은 맹약의 조항을 깨뜨렸소. 설마 그게 나의 책임이라고 하지는 않겠지.

레피더스   시저 장군, 고정하시오!

앤토니   아니오, 레피더스 장군, 말하도록 놔두시오. 내게 신의가 없다고 생각하는 모양인데 신의란 신성한 명예요. 시저 장군, 어서 말을 계속하오. 그래, 파약한 조항은?

시저   내가 요청했을 때 무기와 원병을 보낸다는 약속을 거절했지 않소.

앤토니   소홀했던 것은 사실이오. 장시간 취흥에 사로잡혀 자신을 잃었으니까. 솔직히 사과하려고 하오. 이러한 나의 솔직성이 내 위신을 떨어뜨리지는 않을 터. 그럴수록 내 힘은 거기서 근원이 비롯되는 거니까. 사실은 펄비어가 날 이집트로부터 끌어낼 속셈으로 여기서 반란을 일으킨 것이오. 나 자신도 모르는 일이지만 어쨌든 내가 원인이었으니 내 명예를 걸고 진심으로 사과하겠소.

레피더스   참으로 훌륭한 말씀이십니다.

미시너스   죄송하오나 두 분의 시비는 이쯤 그치셨으면 합니다. 당면한 긴급 사항이 두 분의 화해를 외치고 있다는 걸 생각하신다면 과거지사는 깨끗이 잊어버릴 수도 있지 않겠습니까?

레피더스   훌륭한 말씀이오, 미시너스.

이노바버스   당분간만이라도 서로 화해하시고 폼피를 쳐부순 뒤에 다시 다툴 수도 있잖습니까. 별로 할 일이 없으면 얼마든지 다툴 시간이 있겠지요.

앤토니　당신은 일개 군인에 지나지 않아——입을 닥치라구.

이노바버스　진실을 말해서는 안 된다는 교훈을 깜박 잊었습니다.

앤토니　여러분이 계신 자리에서 무엄하오, 그러니 입을 닥쳐요.

이노바버스　그럼 좋습니다, 이제부터는 돌부처가 되겠습니다.

시저　내 마음에 들지 않는 건 앤토니 장군의 말의 내용이 아니라 그 말투지. 우리들의 기질이 이렇게 다르니 우정을 지속하기가 어려울 것 같군. 그러나 우리들을 긴밀하게 결속시켜 줄 어떤 테두리가 있다면 세계의 끝에서 끝까지 찾아가서라도 손에 잡아야겠는데.

어그리퍼　외람된 말씀이오나 시저 각하, 저도 한 말씀을.

시저　말해 보게, 어그리퍼.

어그리퍼　각하에게는 어머님의 피를 받으신 누님이 한 분 계시잖습니까. 칭찬이 자자한 옥테이비어 님 말씀입니다. 그런데 마크 앤토니 장군은 현재 독신으로 계시고요.

시저　행여 그런 말은 입 밖에 내지도 말게, 어그리퍼. 클레오파트라 귀에 들어가면 당장 꾸지람을 들을 테니.

앤토니　시저 장군, 난 현재 아내가 없소. 어그리퍼의 말을 더 들어 봅시다.

어그리퍼　두 분이 영원히 친화하고 형제의 의를 맺어 두 분 마음의 맺음이 다시 풀리지 않도록 하기 위해 앤토니 장군께서 옥테이비어 님을 부인으로 맞으십시오. 그분은 아름답고 가장 훌륭한 사내대장부를 남편으로 삼을 만한 자질이 있으며 또 그 부덕과 교양은 어느 누구도 따를 수 없습니다. 이 결혼이 이루어진다면 지금은 커 보이는 모든 사소한 의혹도 또 지금은 해롭다고 느끼는 모든 커다란 두려움도 없어지고 말 겁니다. 지금은 꾸며낸 이야기가 진실로 알려져 있으나 앞으로는 진실이 그 이야깃거리가 될 것입니다. 두 분께 대한 옥테이비어 님의 사랑은 두 분의 우애를 돈독하게 하고 모든 백성들의 사랑도 자연히 두 분에게 쏠리게 될 것입니다. 외람된 말씀을 하였습니다. 이건 이 자리에서 갑자기 떠오른 생각이 아니라 장군께 대한 의무감에서 두고두고 생각해 온 것입니다.

앤토니　시저는 어떻게 생각하오?

시저　앤토니 장군, 당신의 생각을 먼저 듣고 싶소, 지금 들은 바를.

앤토니　만일 내가 "어그리퍼, 잘 부탁하네."라고 말한다면 이 일을 주선할 권한이 어그리퍼에게 있는 것이오?

시저　시저의 권한을 맡기지요. 그리고 옥테이비어에 대한 권한까지도.

앤토니　장래를 위한 이 경사스러운 제안에 마가 끼여들리 만무하오! 자, 손을 잡아 봅시다. 이 경하할 화해를 앞으로 추진해 나갑시다. 이 시각부터는 형제지간의 사랑으로 힘을 합쳐 우리의 위대한 국가의 대업을 이룩해 나갑시다.

시저　자, 내 손을 잡으시오. 내 누이같이 그렇게 극진히 사랑한 형제가 일찍이 있었나? 그 누이를 당신에게 드리겠소. 내 누이야말로 우리의 영지와 마음을 결합시켜 줄 것이오——우리의 우정이 다시는 벌어지지 않도록 합시다!

레피더스   참으로 경사스러운 일입니다!

앤토니   내가 폼피에 대해 칼을 뺀다는 건 생각지도 못했소. 그자는 근자에 대단한 친절을 나에게 보여왔으니까. 그러니 호의를 잊었다는 악평을 피하기 위해 감사의 말만은 일단 보낸 후에 공격을 할 셈이오.

레피더스   시간이 급박하오. 시급히 폼피의 거처를 찾고 이쪽에서 공격을 해야지, 그렇지 않으면 거꾸로 우리가 공격을 받게 됩니다.

앤토니   그자는 지금 어디 있소?

시저   마이시넘 산 부근이오.

앤토니   그쪽의 육군 병력은?

시저   퍽 강한데도 그 힘이 날로 증가일로에 있소. 더욱이 바다에서는 절대 지배자의 위치에 있고.

앤토니   풍문은 들었소. 한 번 맞서 보고 싶었소! 급히 서둡시다. 그런데 무장을 하기 전에 지금 결의한 혼사 문제를 어서 매듭지읍시다.

시저   나도 동감이오. 우선 내 누이를 만나 보시오. 내 바로 안내하리다.

앤토니   레피더스, 당신도 같이 갑시다.

레피더스   앤토니 장군, 내 설령 병중이라 해도 가지 않을 수 있겠소? (트럼펫의 화려한 취주. 시저, 앤토니, 레피더스 퇴장)

미시너스   이집트에서 잘 왔소.

이노바버스   시저의 심복 미시너스! 나의 친구 어그리퍼!

어그리퍼   이노바버스!

미시너스   일이 잘 되어서 참으로 기쁘군. 자네도 이집트 체재 중에 재미 좀 보았겠지.

이노바버스   여부가 있나. 낮에는 대낮이 무색하도록 낮잠으로 보내고, 밤은 술잔치로 밝혔다고 할 수 있지.

미시너스   아침식사에 멧돼지 여덟 마리를 통째로 구워서 겨우 두 사람이 먹었다는데 그게 사실인가?

이노바버스   그까짓 건 독수리에 파리 한 마리 격밖에 되지 않아. 더 굉장한 향연이 있었으니 정말 장관이라고 할 수 있지.

미시너스   들려 오는 소문에는 그 여왕이 아주 대담하다면서?

이노바버스   처음 시도너스 강에서 마크 앤토니 장군을 만났을 때 여왕 전하께서는 그분의 마음을 사로잡았지 뭔가.

어그리퍼   사실 그 강상에 여왕이 나타났다면서, 누가 만들어 낸 소문이 아니라면.

이노바버스   그래, 내 얘길 해주지. 우선 여왕이 타신 배는 빛나게 닦은 황금 옥좌처럼 물결 위에 타오르는 듯 찬란했지. 고물 선미(船尾) 갑판에는 황금 마루가 깔렸고, 돛은 온통 자줏빛인데, 어찌나 향기를 풍기는지 바람도 사랑병에 걸린 듯 허느적거렸지. 수많은 노들은 온통 은이고, 피리소리에 맞춰 가지런히 노를 저어나가면 갈라지는 물결도 그만 연정에 못 이기는지 뒤쫓아오더란 말이야. 여왕의 자태는 필설(筆舌)이 무색할 지경이었고, 금실을 섞어 짠 엷은 비단 차일 아래 비스듬히 누워 있는 모습은 그림 속의 비너스보다도 몇 배나 더 아름다운 자연의 조화요, 좌우에 보조개가 오목 팬 웃음짓는 미소년 큐피트를 능가하여 오색이 영롱한 부채들을 들고 쉴사이 없이 부채질을 하면 한 번 식힌 그 정묘한 두 볼에 새로운 홍조를 띄워 황홀하게 빛나더란 말이야.

어그리퍼　아, 앤토니 장군은 얼마나 감격하셨을까!

이노바버스　바다의 요정들 같은 시녀들이 인어떼처럼 여왕 앞에 허리를 굽히고 서서 시중 드는 모양은 여왕을 한층 더 아름답게 장식했다구. 뱃머리에는 인어 같은 여자가 키를 잡고 있고, 꽃처럼 보드라운 손들이 재치 있게 당기는 비단 밧줄에 돛이 불룩하게 부풀어오르고 배에서는 눈에 보이지 않는 신기한 향기가 근처의 해안에 모인 사람들의 코를 찔렀고. 시중의 사람들이 모두 여왕을 보러 쏟아져 나왔고, 앤토니 장군은 광장에 홀로 정좌하고 하늘을 향해 휘파람을 불고 있었는데, 그 공기란 놈도 진공이 생길 염려가 없었다면 역시 클레오파트라를 보러 갔을 것이고 그렇게 되면 필시 대자연에 구멍이 하나 뚫렸을 게 아닌가?

어그리퍼　멋진 여왕이시군!

이노바버스　여왕이 상륙하자 앤토니 장군은 사자를 보내 여왕을 만찬에 초대하셨지. 그런데 여왕은 도리어 앤토니 장군을 국빈으로 모시겠다는 간청을 보내왔지 뭔가. 여자에게는 거절을 모르는 예절 바른 앤토니 장군이신지라 열 번이나 더 얼굴을 다듬고 향연에 참석하였지. 두 눈으로만 황홀한 잔칫상을 먹고 나서 그 대가로 글쎄, 자신의 심장을 꺼내 바쳤지 뭐겠는가.

어그리퍼　어쨌든 굉장한 여인이군! 대시저도 장검을 침대에다 내동댕이치고 여왕을 경작하였고, 여왕은 그 수확을 거둬들이고.

이노바버스　내 언젠가 여왕이 대로를 마흔 걸음이나 뛰다시피 달리는 걸 보았는데 숨이 턱에 차서 헐떡거리면서 겨우 말을 잇는데 그 기이한 모양이 오히려 아름다움의 극치요, 숨가쁜 말소리가 말할 수 없는 매력을 자아내더란 말이오.

미시너스　이제 앤토니 장군은 그 여인을 버려야 할 거요.

이노바버스　천만의 말씀. 버릴 수 없지. 나이를 먹어도 시들지 않고 사귀면 사귈수록 익힌 재주가 무궁무진하여 그녀는 항상 새로운 변화를 보이는걸. 다른 여자들은 남자에게 만족을 주고 나면 염증을 받게 마련인데, 여왕은 가장 포식했을 때 더더욱 욕구를 느끼게 하는 거지. 세상에서 가장 야비한 짓도 여왕이 하면 좋게만 보이고. 그래서 거룩한 사제들도 그녀의 방종만은 오히려 축복한다 이 말이지.

미시너스　미모와 지혜의 정절이 앤토니의 마음을 붙잡을 수 있다면 옥테이비어야말로 그분에게는 행운의 여신이 되겠지.

어그리퍼　자, 그럼 갑시다. 이노바버스, 이곳에 체류하는 동안은 우리 집 손님이 되어 주게.

이노바버스　그러지, 고맙네. (모두 퇴장)

제 3 장 로마. 시저의 저택

앤토니와 시저, 그리고 두 사람 사이에 끼여 옥테이비어 등장.

앤토니 이 세계와 나의 중책으로 때로는 당신 곁을 떠나게 될지도 모르오.

옥테이비어 그런 때는 신 앞에 무릎 꿇고 오직 당신을 지켜 주시도록 기도드리겠습니다.

앤토니 (시저에게) 편히 쉬시오, 시저 장군. 그리고 옥테이비어, 세상에 떠도는 소문대로 나의 허점을 믿지 마오. 지금까진 생활이 단정하지 못했지만 앞으로는 만사를 규율에 맞게 해나가리다. 자 옥테이비어, 당신도 가서 쉬어요.

옥테이비어 편히 쉬십시오.

시저 편히 쉬시오. (시저, 옥테이비어를 대동하고 퇴장)

점술가 등장.

앤토니 여보게, 자넨가? 자네 이집트로 돌아가고 싶지?

점술가 저는 이곳으로 오지 않았어야 했습니다. 또한 장군님께서도요!

앤토니 왜 그런가?

점술가 마음속으로는 직감하고 있지만 입에 담을 수는 없습니다. 하지만 한시바삐 이집트로 돌아가십시오.

앤토니 어느 편의 운이 더 좋은가 말해 보게, 시저인가, 나인가?

점술가 시저의 운입니다. 그러니 앤토니 장군님, 그 양반 곁에 있어선 아니 됩니다. 장군님의 정령 즉 장군님의 수호신은 시저만 없으면 훌륭하고 용감하고 숭고하고 아무도 맞설 수 없습니다. 그러나 시저와 가까이 있으면 짓눌려서 공포의 화신이 되어 버립니다. 그러니 그분과는 가능한 한 멀리 떨어져 계시는 것이 좋습니다.

앤토니 그 따위 소리는 더 이상 하지 말라.

점술가 장군님 이외에는 아무에게도 말하지 않습니다. 장군님을 마주 대할 때만 말을 합니다. 그분과 어떤 승부를 하셔도 장군께서는 반드시 패하시고 맙니다. 타고난 운세 때문에 그분은 아무리 불리한 싸움에서도 승리하지요. 그분이 옆에서 빛나면 장군님의 빛은 엷어집니다. 거듭 말씀올리지만 장군님의 정령은 그분 곁에서는 겁에 질려서 장군님을 감히 수호하지 못합니다. 그러나 그분에게서 떨어져 있으시면 용맹을 되찾으실 수 있습니다.

앤토니 물러가게. 밴티디어스에게 할 말이 있으니 오라고 하게. 그자를 파디아로 보내야지. (점술가 퇴장) 신통력인지 우연인지 몰라도 어쨌든 그자 말이 귀신같이 맞아. 주사위까지도 시저의 뜻대로 나오질 않나. 어떠한 시합을 해도 솜씨는 내가 더 우수한데, 시저의 운에는 도통 맥을 못 쓰거든. 제비를 뽑아도 시저가 이기고 닭싸움에서도 그자의 닭이 형편없는데도 언제나 내 닭을 이기지 않는가? 메추라기를 새장 속에 넣어서 싸움을 붙여 봐도 형편없는 것이 내 걸 때려 잡는단 말이야. 이집트로 돌아가자. 화목을 위해 이 결혼을 했지만 내 기쁨은 동방에 있다.

밴티디어스 등장.

아, 밴티디어스, 곧 파디아로 가 주어야겠네. 사령장은 되어
있으니까, 날 따라와서 받게. (두 사람 퇴장)

제 4 장   로마. 거리

레피더스, 미시너스, 어그리퍼 등장.

레피더스   이젠 염려는 그만하고 속히 두 장군의 뒤를 쫓아가시오.

어그리퍼   마크 앤토니 장군님께서 옥테이비어 부인과 키스하시면 우리들은 바로 출발하는 겁니다.

레피더스   다음에 만날 땐 두 분께서 무장한 모습을 대하게 되겠군요. 잘 어울릴 겁니다. 그럼 그때까지 잘들 계시오.

미시너스   레피더스 장군님, 제가 여정을 따져 보니 우리가 장군님보다 앞서 산에 도착할 것 같습니다.

레피더스   두 분의 길이 지름길이오. 난 볼일이 있어 부득이 돌아가야 할 거요. 두 분은 나보다 이틀 먼저 닿을 거요.

미시너스 ⎫
어그리퍼 ⎬   무운을 빌겠습니다!

레피더스   그럼 잘들 가오! (모두 퇴장)

제 5 장   알렉산드리아. 클레오파트라의 궁전

클레오파트라, 차미언, 아이러스, 알렉서스 등장.

클레오파트라   음악이나 좀 들려다오. 음악은 사랑하는 사람들의 서글픈 양식이니라.

일동   풍악을 울려라!

내시 마디언 등장.

클레오파트라   음악은 그만두어라. 우리 당구나 치자. 자, 차미언.

차미언   저는 팔을 다쳤어요. 마디언과 치시는 게 좋으실 겁니다.

클레오파트라   하기야 여자가 여자와 하는 거나 내시와 하는 거나 마찬가지일 게다. (마디언에게) 자, 나하고 한판 해볼까?

마디언   할 수 있는 데까지 해보겠습니다.

클레오파트라   충분히 연기할 수가 없어도 할 뜻만 보이면 배우는 대중의 용서를 얻을 수 있는 법. 당구도 그만두겠다. 낚싯대를 가지고 강에나 가자. 멀리서 음악이 들려 오게 하고, 지느러미 누런 물고기들이나 낚아 보자꾸나. 고놈들의 미끈미끈한 주둥이를 꼬부라진 낚싯바늘로 잡아챌 때마다 한 마리 한 마리를 앤토니로 생각하고 "핫하하, 당신은 잡혔어요!" 하고 외치겠다.

차미언　그땐 참 재미있었어요, 두 분이 낚시내기를 하셨을 때 말입니다. 잠수부를 시켜 그분의 낚싯바늘에다 물고기를 매달아놓으면 그분께서 신이 나서 낚아 올리셨거든요.

클레오파트라　아 그때 —— 아 그런 때가 있었지! —— 그때 내가 그분을 보고 자꾸만 웃어 주었더니 그만 성을 발칵 내셨어. 그런데 그날 밤에는 웃음으로 그분의 기분을 다독거렸지. 그래 다음날 아침에는 아홉시도 되기 전에 술을 드려 만취한 채 주무시게 했단다. 그래서 내 머리장식과 웃옷을 그분에게 입히고 내가 그분의 명검 필리판을 허리에 차 보았지.

　　사자 한 사람 등장.

그래, 이탈리아에서 왔느냐! 네 푸짐한 소식을 오랫동안 기다린 굶주린 내 귓속에 퍼부어 다오.

사자　여왕 전하, 여왕 전하, 소신 아뢰옵니다 ——

클레오파트라　앤토니 장군께서 서거하셨습니다! 하고 아뢰면 너야말로 천하에 둘도 없이 고얀 놈이다. 넌 시역의 죄를 범하게 돼. 그러나 그분이 무사하시다고 아뢴다면 금은보화를 하사할 뿐 아니라 많은 왕들이 입맞추며 몸을 부르르 떨던 내 손의 파란 동맥에 입을 맞추게 해주마.

사자　여왕 전하, 장군님께서는 무사하십니다.

클레오파트라　그럼 내 더 많은 금은보화를 주마. 아냐, 여봐라, 흔히 죽은 사람들을 평안하다고 말하는 예가 있지 않느냐? 만일 그런 뜻으로 갖다 붙인 말이라면 지금 주겠다고 한 금은보화를 녹여서 흉악한 말을 내뱉은 네 목구멍 속에다 퍼부으리라.

사자 황공하오나 소신의 말씀을 들어 보십시오.

클레오파트라 좋다, 어디 들어 보자. 그나저나 네 안색이 좋지 않구나. 앤토니 장군께서 별일 없으시고 건강하시다면——그런 좋은 소식을 아뢰는데 걸레 씹은 표정을 하다니! 만일 그분께 무슨 변이 있으시다면 인간의 탈이 아니라 머리 위에 독사가 우글거리는 복수신의 탈을 쓰고 왔을 게 아니냐.

사자 소신의 말씀을 들어 보십시오.

클레오파트라 말을 들어 보기 전에 너에게 주리를 안겨 주고 싶다. 그러나 만일 네가 앤토니 장군께서 생존해 계시고 안녕하시며 시저와 우의가 두터우시고 절대로 그분의 포로가 되지 않으셨다고 말한다면 네게 황금 소나기를 쏟아지게 하고 값진 진주의 우박을 뿌리겠다.

사자 여왕 전하, 앤토니 장군께서는 무사하십니다.

클레오파트라 잘 말했다.

사자 그리고 시저 장군하고도 화해하셨습니다.

클레오파트라 넌 참으로 충직한 내 신하이다.

사자 시저 각하와의 우의는 어느 때보다도 돈독하십니다.

클레오파트라 내 너에게 한 재산 주리라.

사자 그러하오나 여왕 전하——

클레오파트라 '그러하오나'라니, 난 그 말이 싫다. 그 말 때문에 좋은 소식이 깡그리 뭉개지고 만다. 고약한 '그러하오나'란 말 같은 건 지옥에나 떨어지라지! 그 말은 극악무도한 죄인을 끌고 가는 옥리와도 같구나. 제발 좋은 소식 나쁜 소식 할 것 없이 소식이란 소식은 모조리 내 귀에다 부어다오. 시저와는 화해하고 건강하시다고 말한 거지? 그리고 자유의 몸이시라고 그랬지, 자유의 몸이란 말이지?

사자 여왕 전하, 자유의 몸 말입니까! 아닙니다, 그런 말씀은 드린 적이 없습니다. 그분께서는 옥테이비어 님과 관계가 있어서.

클레오파트라 아니 관계라니?

사자 원앙금침 속에서 산다는 그 관계 말입니다.

클레오파트라 내 얼굴이 새파래지는구나, 차미언.

차미언 여왕 전하, 앤토니 장군께서는 옥테이비어와 백년가약을 맺었습니다.

클레오파트라 네 이놈, 염병이나 걸려 버려! (사자를 때려 쓰러뜨린다)

사자 제발 고정하십시오, 여왕 전하.

클레오파트라 뭐라구? (또 때린다) 썩 물러가라, 재갈을 물릴 놈아! 내 눈 앞에서 없어지지 않으면 네놈의 눈깔을 공차듯 차버릴 테다. 네놈의 머리카락을 몽땅 뽑아 버릴 테다. (사자를 이리저리 끌고 다닌다) 이놈을 철사 회초리로 갈겨 상처를 소금물에 절여서 쓰라리게 해주마.

사자 여왕 전하, 소신은 소식을 전하러 왔을 뿐, 중매를 선 건 아니올습니다.

클레오파트라 방금 한 말은 거짓말이라고 해라. 그러면 네게 땅뙈기를 떼어 주고 떵떵 울리는 신분으로 영달시켜 주마. 날 화나게 한 것은 네가 얻어 맞은 것으로 용서해 줄 뿐 아니라, 지나친 청만 아니면 무엇이든지 네 소원대로 들어 주겠다.

사자 앤토니 장군님께서는 결혼하셨습니다, 여왕 전하.

클레오파트라 이 혀를 뽑아 버릴 놈! 더 살려 두지 않겠다. (칼을 뺀다)

사자 소신은 물러가겠습니다. 왜 이러시나이까, 여왕 전하? 소신에게 무슨 잘못이 있다고 이러십니까. (사자 달아난다)

차미언 고정하십시오, 여왕 전하. 사자는 아무 죄가 없습니다.

클레오파트라 죄 없는 자라고 다 벼락을 피하는 법은 없다. 이 이집트란 나라는 나일 강에나 빠져 버려라! 그리고 거기서 사는 온순한 동물들은 모조리 뱀이 되어 버려라! 그놈을 다시 내 앞에 불러들여라. 내 비록 속불이 타지만 그놈을 물어뜯어 죽이지는 않을 테다. 어서 불러라!

차미언 그자는 어전에 나서기를 두려워하고 있습니다.

클레오파트라 내 그놈을 더 이상 상대하지 않을 것이다. (차미언 퇴장) 내 손이 체통 없게스리 천한 사람을 손찌검하다니, 실은 죄는 내게 있는데 말이다.

차미언, 사자와 함께 다시 등상.

자, 이리 오너라. 아무리 사람이 정직하더라도 불길한 소식을 아뢰는 건 결코 좋지 못하느니라. 반가운 소식은 수다를 떨어도 좋다만 흉한 소식은 스스로 알게 해야 하느니라.

사자 소신은 소신의 의무를 다했사옵니다.

클레오파트라   그래 앤토니 장군께서 결혼을 하셨느냐? 네가 또 '네' 하고 대답하더라도 이 이상 더 널 증오하지는 않겠다.

사자   네, 결혼하셨습니다.

클레오파트라   이런 천벌을 받을 놈같으니! 아직도 네 말만 고집피울 작정이냐?

사자   그럼 소신보고 거짓말을 하란 말씀이십니까?

클레오파트라   아, 차라리 그래 주었으면 좋겠다. 내 이집트 왕국의 절반이 바닷속에 가라앉고 비늘 돋힌 뱀이 우글거리는 곳이 되어도 말이다! 어서 썩 물러가라. 네 얼굴이 설령 나르시스처럼 미남이라 해도, 내겐 지독하게 밉게 보일 것이다. 정말 그분께서 결혼하셨더냐?

사자   바라옵건대 소신을 용서해 주소서.

클레오파트라   결혼을 하셨다는 말이냐?

사자   너무 진노하지 마십시오. 소신은 여왕 전하의 진노를 사려고 아뢰는 것이 아닙니다. 아뢰도록 하명하시고서 그리고 벌주시는 건 매우 부당하다고 사료됩니다. 장군께서는 옥테이비어와 결혼하셨습니다.

클레오파트라   그분의 죄로 인해 너마저 천하의 악당이 되었구나. 너의 마음대로 되는 게 아니다! 썩 물러가라. 로마에서 가져온 물건은 내겐 너무 과분하니, 네 손에 넣고 있다가 파산이나 하라! (사자 퇴장)

차미언   여왕 전하, 고정하소서.

클레오파트라   난 앤토니 장군을 칭찬하려고 시저를 헐뜯었어.

차미언 네, 가끔 그러셨어요.

클레오파트라 이제 내가 그 보복을 받는가 보다. 날 안으로 들어가게 부축해 다오. 기절할 것 같다. 오, 아이러스, 차미언 아, 이젠 괜찮다. 알렉서스, 그자한테 가서 옥테이비어의 용모를 물어 오너라. 나이, 성명, 그리고 머리칼 빛깔까지도 빠지지 말고 묻고는 내게 소상히 아뢰어라. 속히 답변을 얻어 오라. (알렉서스 퇴장) 이젠 그분을 영원히 잊어버려야 돼! 아니, 죽어도 그럴 순 없다──차미언──그분은 어찌 보면 괴물 고르곤같이 보이기도 하고, 또 어떤 때는 군신 마르스같이 보이기도 하지 않느냐? (마디언에게) 넌 알렉서스에게 그 여자의 키를 보고하게 하라. 차미언, 나야말로 가엾은 여자야. 하지만 아무 말도 하지 말라. 내 방으로 가자. (모두 퇴장)

제 6 장 마이시넘 산의 부근. 멀리 바다가 보인다.

트럼펫의 화려한 취주. 한쪽에서 폼피와 미너스가 고수, 나팔수와 함께 등장. 다른 한쪽에서는 시저, 앤토니, 레피더스, 이노바버스, 미시너스, 어그리퍼가 군사를 거느리고 등장.

폼피 나에게 그쪽 인질이 있고, 그쪽에 우리 인질이 있으니 개전(開戰)하기 전에 일단 담판을 합시다.

시저 좋소이다, 우선 담판하는 게 당연하오. 우리는 앞서 우리의 의중을 편지로 보냈소. 그러니 그 편지를 제대로 읽었다면 불만의 칼을 도로 칼집에 꽂고 수많은 혈기에 찬 젊은이들을 시칠리아로 이끌고 돌아갈 것이오. 안 그러면 그 용사들은 개죽음을 당할 것이오.

폼피 이 광활한 세계의 통치자이며, 신들의 대리라는 세 분에게 말씀드리오. 내 선친에게는 아들과 친구들이 있소. 어찌 원수를 갚지 못할 리 있겠소. 줄리어스 시저는 필리파이에서 망령으로 나타나 브루터스를 위협했고 자신을 위해서 당신네들이 복수전을 벌이는 걸 본 일이 있지 않소. 얼굴이 창백한 캐시어스가 음모를 꾸민 건 무엇 때문이었소? 덕망이 높고 고결한 로마인 브루터스가 자유를 갈망해서 무장한 동지들과 의사당을 피로 물들인 건 무엇 때문이었겠소? 그건 오로지 한 인간을 인간답게 대우받도록 하기 위해서였소. 이번에 내가 해군을 이끌고 온 것도 바로 같은 뜻이 있어서요. 지금 바다에는 우리 함대가 떠 있고 성난 파도가 일면서 거품을 뿜고 있소이다. 난 이 함대를 가지고 불경스럽게도 나의 선친을 모욕한 로마 사람들의 배신에 철퇴를 가할 작정이오.

시저　충분히 말해 보시오.

앤토니　폼피, 배의 척수만 가지고 우리들을 위협해도 소용없소. 그럼 바다에서도 맞서 주겠소. 당신도 잘 아다시피 육지에서는 아군이 압도적으로 우세하오.

폼피　사실 육지에서는 당신으로부터 속임을 당하여 나의 선친의 저택을 억울하게 빼앗겼으니 말이오. 뻐꾹새는 본래 제 집을 짓지 않는 법. 그러니 귀하도 그 집을 길이길이 차지해 보시지.

레피더스　그런 얘기는 지금으로서는 별 관계 없는 일이니까 ── 그보다도 우리가 보낸 조건을 어떻게 생각하는지 그걸 말씀해 주시오.

시저　그것이 중요하오.

앤토니　우리는 간청하지는 않겠소. 수락하면 당신에게 얼마나 이로운가를 따져나 보시오.

시저　그보다 큰 이득을 노린다면 어떤 결과를 초래할는지 생각해 보시오.

폼피　여러분께서는 내게 시칠리아와 사르디니아를 제공하였소. 그 대신 난 해적들을 모조리 소탕해야 하오. 또 로마에 일정한 양의 밀을 조공하게 되어 있소. 이 협의만 결정되면 우리는 칼날에 자국도 내지 않고 방패도 고이 간직하고 헤어지게 되오.

시저
앤토니 〉 그것이 우리의 조건이오.
레피더스

폼피 그럼 말하겠소. 실은 난 이 제안을 받아들일 생각으로 여기 온 것이오. 하나 마크 앤토니의 말에 이 사람은 몹시 화가 났소이다. 내가 그 말을 하면 보람을 잃게 되지만 말을 안 할 수도 없소. 시저와 귀하의 아우가 싸우고 있을 때 귀하의 자당께서는 시칠리아로 피신해 오셨는데, 그때 극진한 환대를 받았소.

앤토니 폼피, 그 얘기는 나도 들었소. 내가 입은 은혜에 대해 뜨거운 감사를 표할 생각이었소.

폼피 그럼 우리 악수합시다. 여기서 귀하를 만나 뵐 줄은 꿈에도 생각 못 했소.

앤토니 동방의 침대는 포근하오. 귀하의 덕분에 의외로 빨리 이곳에 오게 됐으니 말이오. 게다가 그 때문에 아내를 얻었으니까.

시저 전번에 뵈었을 때보다 많이 달라지셨소.

폼피 글쎄올시다, 매정한 운명이 내 얼굴에다 무엇을 새겨 놓았는지 모르겠소만 그것이 내 가슴 속에 멋대로 파고 들어 와서 내 마음까지 흩어지게는 못할 것이오.

레피더스 그나저나 잘 만났소이다.

폼피 나 역시 그렇게 생각하오, 레피더스. 이렇게 합의가 된 이상 성문화하여 조인하기를 바라는 바요.

시저 곧 그렇게 합시다.

폼피 헤어지기 전에 축하연을 베풀기로 합시다. 순번은 제비를 뽑아 정합시다.

앤토니 폼피, 그럼 나부터 시작하리다.

폼피 아니오, 앤토니. 순번은 제비로 정합시다. 누가 먼저건 나중이건 조만간에 귀하의 그 굉장한 이집트식 요리는 명성에 맞는 칭찬을 맛보게 되겠군. 들리는 말에는 줄리어스 시저도——거기서 잔치 음식으로 살이 쪘다지 뭐요.

앤토니 많은 소문을 들으셨군그려.

폼피 아니 별로 다른 뜻은 없소.

앤토니 하기야 좋은 말투이기도 하오.

폼피 귀가 아플 정도로 소문을 들었소이다. 또 풍문으로는 아폴로도러스란 자가——

이노바버스 그런 얘기는 그만둡시다, 사실이기는 하지만. (소곤거린다)

폼피 무슨 얘기 말이오?

이노바버스 어떤 여왕을 새털 요에 싸서 시저에게로 짊어지고 간 얘기죠.

폼피 아, 이제야 당신을 알겠군그래. 잘 있었나, 병사?

이노바버스 잘 있었습니다. 그런데 앞으로 네 번이나 주연이 벌어질 것 같으니 더 좋아질 것 같군요.

폼피 자, 악수를 하세. 난 자네를 한번도 미워한 적이 없어. 난 자네가 싸우는 모습을 보고 비록 적이지만 감탄했었다네.

이노바버스 장군, 전 장군을 그리 좋아하진 않았습니다. 하지만 제가 생각한 것보다 열 배나 더 훌륭한 일을 하셨을 때는 칭찬을 했지요.

폼피   솔직해서 좋군, 그게 자네에게는 잘 어울리네. 자 여러분을 나의 배로 초대합니다. 여러분, 자, 어서 가시지요.

시저
앤토니 } 자, 안내해 주시오.
레피더스

폼피   이리로. (일동을 바다 쪽으로 안내해 간다. 미너스와 이노바버스는 뒤처져서 망설인다)

미너스   (방백) 당신의 아버님 폼피 나리 같으면 이따위 조약은 맺지 않았을 거야. (이노바버스에게) 당신과는 초면이 아닌 것 같은데.

이노바버스   필경 해상에서 만났을걸.

미너스   음, 그렇지.

이노바버스   해상에서는 싸움 솜씨가 대단했었지.

미너스   당신은 육지에서 그랬고.

이노바버스   내 육지에서 세운 무공이 사실 혁혁했지만, 누구든지 날 칭찬해 주는 사람을 나 역시 칭찬하고파.

미너스   내가 바다에서 세운 무공도 그러하지요.

이노바버스   당신의 안전을 위해서라도 좀 겸양하시는 게 좋을 거요. 당신이야말로 바다의 대도적이었으니까.

미너스   당신은 육지의 대도적이잖소.

이노바버스   난 그런 공을 육지에서 세우진 못했소. 그러나 우리 악수합시다, 미너스. 만일 우리들의 눈이 경찰관의 것이라면 이렇게 두 도적이 정답게 악수하는 걸 보자마자 당장 손목에 수갑을 채울 거요.

미너스   사람들이란 너나 할 것 없이 상판때기만은 참해 보이거든, 손목이야 무슨 짓을 하든간에.

이노바버스　하지만 미녀치고 정직한 얼굴을 한 여자는 절대로 없소.

미너스　그야 당연해요. 미녀의 얼굴은 남자의 마음을 훔치니까.

이노바버스　우리들이 이곳으로 온 건 당신네들과 싸우기 위해서였는데.

미너스　그런데 술잔치로 변해 버린 것이 심히 유감이지. 폼피는 오늘 그의 일생의 행운을 한바탕 웃음으로 내던져 버리는 셈이 되오.

이노바버스　그렇다면 울음으로 되찾을 수도 없겠군.

미너스　지당한 말씀이외다. 그런데 우린 마크 앤토니가 여기 오리라고는 꿈에도 생각 못 했소. 이봐요, 그래 정말 그분이 클레오파트라와 결혼을 했소?

이노바버스　시저에게는 옥테이비어란 누이가 있어요.

미너스　옳지, 그렇군. 그 여자는 케이어스 마셀러스의 부인이었지.

이노바버스　하지만 지금은 마크 앤토니의 부인이오.

미너스　그게 사실이오?

이노바버스　사실이구말구.

미너스　그러하다면 시저와 앤토니는 영원히 떨어질 수 없는 셈이군.

이노바버스　이번 화합에 대해 날더러 그 앞날을 예언하라면 그렇게 점치지는 않겠소.

미너스　그 결혼은 당사자들의 사랑보다도 정략의 꿍꿍이 속이 있는 것 같군.

이노바버스　나와 동감이구려. 그러나 그들의 우정을 동여맨 끈이 도리어 두 사람 사이의 화합을 조르는 끈이 된다는 것을 알게 될 거요. 옥테이비어는 진실되고 조용하고 말수가 적은 여자요.

미너스　어떤 남자든 그런 아내를 탐내지 않을 사람이 있을까?

이노바버스　자신이 그렇지 않은 남자는 다를 수도 있소. 마크 앤토니가 바로 그런 사람이오. 그분은 이집트의 진수성찬 쪽으로 다시 돌아갈 거요. 그렇게 되면 옥테이비어의 한숨은 시저의 가슴에 불을 댕기게 될 것 아니오. 방금 말한 것처럼 우정의 근원이 되던 것이 결국 불화의 불씨가 된단 말이오. 앤토니는 정이 쏠리는 곳에 애정을 쏟는 사람이거든요. 이번 결혼은 자기의 잇속을 차리기 위해서요.

미너스　그럴지도 모르겠군. 자, 배 안으로 가지 않겠소? 당신의 건강을 위해 축배를 들지.

이노바버스　기꺼이, 이 이집트에서 목을 제대로 단련시켜 놨으니까.

미너스　자, 갑시다. (두 사람, 일동의 뒤를 따라 퇴장)

제 7 장 　 마이시넘 해안에 떠 있는 폼피의 배의 갑판

음악이 흐른다. 하인 두세 명이 술상을 들고 등장.

하인1 　 이 사람아, 그분들이 이리로 오실 걸세. 몇 분은 벌써 다리가 휘청거리지 뭔가, 바람이 조금만 불어도 쓰러질 걸세.

하인2 　 레피더스 장군은 얼굴이 새빨갛더군.

하인1 　 모두들 그분에게 술을 권했으니까.

하인2 　 제각기 고집을 피우다가 싸움이 벌어지면 그 분이 끼여들어 "그만들 두시오."하고 화해를 붙여 놓으니 결국 화해술까지 그분에게 갈 수밖에.

하인1 　 화해를 붙이는 것도 좋지만 그 때문에 그분은 자신과 스스로의 분별력 사이에서 큰 싸움을 일으킨단 말야.

하인2 　 암, 그렇구말구, 실력없이 위대한 분네들 축에 끼면 그렇다니까. 나 같으면 들어올릴 수도 없는 큰 창을 믿고 사느니 차라리 아무 쓸모도 없는 갈대나 들겠네.

하인1 　 광활한 우주 속에 뛰어들었다면 적어도 별이 빛을 반짝거려야지. 빛을 발하지 않는다면 눈알이 없는 눈구멍 같아서 그 꼴이 얼마나 보기에 민망하겠나.

트럼펫의 장중한 취주. 시저, 앤토니, 폼피, 레피더스, 어그리퍼, 미시너스, 이노바버스, 미너스 및 기타 부대장들 갑판 위에 등장. 폼피, 레피더스를 부축하고 있다.

앤토니 (시저에게) 그렇소. 그쪽 사람들은 나일 강의 수위를 피라미드에 새긴 눈금을 가지고 재오. 수위가 높은가 낮은가 혹은 중간인가에 따라서 풍년이 오는지 흉년이 오는지를 짐작하고 나일 강의 수위가 높으면 높을수록 풍작이 들 가망이 크다고 하오. 물이 빠진 뒤에 그 끈적끈적한 진흙에다 씨를 뿌려 놓으면 얼마 안 가서 수확기가 닥쳐오고.

레피더스 그곳엔 괴상야릇한 뱀들이 많다지요?

앤토니 그렇소, 레피더스 장군.

레피더스 이집트의 뱀은 햇볕의 덕을 입으며 진흙 속에서 자란다고 하던데. 악어도 말이오.

앤토니 그렇습니다.

폼피 앉으시오──자, 술 좀 더 듭시다! 레피더스 장군의 건강을 위해 건배!

레피더스 기력은 좋지 못하지만 술이라면 사양할 사람은 아니오.

이노바버스 곤드레만드레 떨어지기 전까지 술과 사생결단할 작심이군그래.

레피더스 아니, 확실히 톨레미 왕가의 피라미드는 굉장하다면서. 허튼 소리가 아니지. 그렇게 들었는걸.

미너스 (폼피에게 방백) 폼피 장군, 한 말씀을.

폼피 귓속말로 하게, 뭔가?

미너스 (귓속에 대고 소곤댄다) 자리를 잠깐 옮겨 주십시오, 긴히 여쭐 말씀이 있습니다.

폼피   잠깐만 기다리게 —— (큰 소리로) 이 잔은 레피더스를 위해!

레피더스   악어란 놈은 어떻게 생겼는지요?

앤토니   모양은 제양제꼴로 생겼고, 넓이는 제 넓이만큼 넓고, 키는 제 키만큼 크고, 제 팔다리로 움직이지요. 그리고 자기가 먹은 자양분으로 살고, 그 몸에서 생명을 유지시키는 원소가 빠져 버리면 싹 변생(變生)을 하고요.

레피더스   빛깔은 어떻습니까?

앤토니   역시 제 빛깔을 하고 있지요.

레피더스   이상한 뱀이로군요.

앤토니   그렇소, 그런데 그놈의 눈물이 축축하단 말이오.

시저   그런 설명으로 저 사람이 만족할까?

앤토니   폼피의 축배까지 있었는데 만족하지 않는다면 그야말로 주제넘은 사람이오. (미너스는 폼피를 한쪽 구석으로 끌고 가서 속삭인다)

폼피   (미너스에게 방백) 예끼 그게 무슨 말이오! 어디다 대고 그 따위 소리를 해! 저리 가! 어서 가라는데. (큰 소리로) 내가 가져오란 술잔은 어디 있지?

미너스   (폼피에게 방백) 저의 공적을 생각해 주신다면 제발 자리를 떠 주십시오.

폼피   (미너스에게 방백) 자네 돈 게 아닌가? 도대체 무슨 얘긴가? (일어서서 한쪽 구석으로 걸어간다)

미너스   저는 이날 이때까지 장군의 운수 앞에 머리숙여 온 사람입니다.

폼피   자네가 충성을 바쳐 온 건 나도 잘 아네. 그래서 어

떻다는 건가? (큰 소리로) 여러분, 실컷 즐깁시다. (하인이 레피더스의 잔에 술을 따른다)

앤토니 레피더스, 유사(流砂)요, 유사! 빨리 피하지 않으면 침몰당해요.

미너스 (폼피에게 방백) 장군께서는 전세계의 제왕이 되고 싶지 않으십니까?

폼피 그게 무슨 소린가?

미너스 전세계의 제왕이 되고 싶지 않으시냐구요? 이제 두 번 되풀이했습니다.

폼피 어떻게 그리될 수 있겠는가?

미너스 마음만 잡수시면 됩니다. 장군께서는 절 보잘것 없는 놈으로 아시지만, 저란 사람은 온 천하를 각하께 바칠 수도 있습니다.

폼피 취해도 많이 취했군.

미너스 아니옵니다, 폼피 장군님, 술잔에 입도 대지 않았습니다. 작심만 하시면 이 지상의 조브 신이 되십니다. 대양이 둘러싸고 하늘이 덮은 온 세계가 장군의 손아귀에 들어오게 됩니다. 작심만 하시면 말입니다.

폼피 그럼 어떻게 하란 말인가?

미너스 전세계를 분담하고 있는 저들 세 사람, 저 한통속인 세 사람이 지금 이 배에 타고 있습니다. 제가 닻줄을 끊는 겁니다. 육지를 떠나 배가 바다 밖으로 나가거든 그들의 목을 치는 것입니다. 그러면 만사 장군의 것이 됩니다.

폼피 아! 그건 자네가 입밖에 내지 않고 미리 해치웠어야 했다! 내가 하면 비겁한 짓이 되지만, 자네가 한다면 충성이 됐을 것이다. 이것 보게, 난 이익보다 명예를 존중하네. 내겐 명예가 있은 다음에 이익이 있다구. 자네는 항상 입이 행동보다 앞서는 걸 후회하란 말야. 내가 모르게 자네가 해치웠다면 후에 잘했다고 칭찬했을 걸세. 하지만 지금은 꾸짖지 않을 수 없어. 포기하고 술이나 들게나.

미너스   (방백) 기울어지는 네 운명에 이 이상 더 따르지는 않겠다. 탐내면서도 주겠다는데 받지 못하는 자에겐 두 번 다시 기회는 오지 않는 법.

폼피   (돌아다니며) 레피더스의 건강을 위해서 건배!

앤토니   레피더스를 육지로 데려다 주시오. 내가 그 술잔을 대신 받겠소.

이노바버스   자, 건배! 미너스!

미너스   좋아요, 이노바버스!

폼피   저 사람 미너스 참 보기 드문 천하장사군! (레피더스를 업고 나가는 하인을 가리킨다)

미너스   장사라니?

이노바버스   천하의 삼분의 일을 메고가는 것이 보이지 않나?

미너스   그렇다면 천하의 삼분의 일이 취한 셈이군. 세 사람 모두 곤드레가 됐다면 세상은 빙빙 잘 돌아갈 거야!

이노바버스   자, 마셔요. 취해서 세상이 빙빙 돌아가도록 말야.

미너스   자아, 오라구.

폼피   아직도 알렉산드리아식 술잔치를 따르려면 어림도 없소이다!

앤토니 차차 이력이 날 겁니다. 여봐라, 술통을 열어라! 자, 시저를 위하여!

시저 나는 그만두겠소. 머리를 술로 씻어 봤자 더 더러워질 뿐이니 헛수고요.

앤토니 사람은 때에 맞게 어울려야 하오.

시저 난 때와 장소가 따라오라고 말하고 싶소. 하룻밤에 이렇게 많이 마시는 것보다는 차라리 나흘 동안 마시지 않고 끊겠소.

이노바버스 (앤토니에게) 오 용감하신 황제! 우리 이집트식 박커스 춤을 추어, 이 술잔치를 더 흥겹게 하실까요?

폼피 어서 추어요, 장사.

앤토니 자, 모두 손잡고 춤을 춥시다. 술에 흠뻑 젖어 마음과 몸이 기분 좋게 취해 달콤한 망각의 강물에 빠질 때까지.

이노바버스 모두 손을 잡으시오. 음악을 크게 울려, 귀가 따갑게 되어야지. 그 동안 내가 여러분의 자리를 정해 드리고 저 소년이 노래를 부르게 하지요. 후렴은 옆구리가 터질 정도로 높은 소리로 하고. (음악이 흐른다. 이노바버스 모든 사람의 자리를 정해 손을 잡게 한다)

노래

그대는 포도의 왕
뚱보 박커스에 살짝 실눈!
근심걱정일랑 술통에 파묻고

머리 위엔 포도덩굴 관을 쓰리라.
부어라 마셔라 세상이 돌 때까지
부어라 마셔라 세상이 돌 때까지!
(모두 후렴을 부르면서 돛대를 돈다)

시저 폼피 장군, 더 드시겠소? 안녕히 주무시오. (앤토니에게) 앤토니 장군, 우리도 그만 물러갑시다. 중대한 임무를 띤 우리가 이렇게 술에 억병이 되면 체통이 서지 않아요. 여러분, 그만 작별합시다. 모두 얼굴이 빨갛소. 용감한 이노바버스도 술엔 별 수 없군. 나도 혀가 꼬부라져 말이 잘 안 나오는걸. 술에 취해 어릿광대 꼴이 됐지 뭐요. 할 말이 더 없잖소? 주무시오, 앤토니, 자 손을.

폼피 이 다음에는 육지에서 맞서 봅시다.

앤토니 그렇게 합시다, 악수를.

폼피 아, 앤토니, 당신은 내 아버지의 저택을 차지했소――아니지, 그게 무슨 상관이 있다구? 우린 서로 친구잖은가? 자, 배에 오릅시다. (이들 작은 배로 내려간다)

이노바버스 (그들을 바라보며) 넘어지시지 않도록 조심하시오. (이노바버스와 미너스만 남고 모두 퇴장) 미너스, 난 상륙하지 않겠소.

미너스 좋소! 내 선실로 가서 마십시다. (그의 눈이 침묵을 지키는 악사 위에 떨어진다) 북! 트럼펫, 퉁소들! 다 어떻게 된 거냐! 저 위대한 분들과의 작별을 소리 높여 해왕께 알려 드려라. 울려라. 뭣 하는 거야? 돼질놈들, 어서 시작해! (악사들, 북소리와 함께 트럼펫의 화려한 취주를 한다)

이노바버스 후우! 봐라, 내 모자다. (모자를 공중에 올려 던진다)

미너스 (큰 소리로) 오! 장군 나리, 이리 오시오. (두 사람 퇴장)

제 3 막

●

이집트 여왕이여, 내 마음은 당신 배의
키에 꽁꽁 묶여 있었소. 내 영혼은 완전히
당신의 종이 되어 당신이 눈짓만 해도 신의 명령이라도
물리치고 당신에게로 달려간다는 걸
당신은 알았을 거요.
—11장 앤토니의 대사 중에서

제 1 장   시칠리아의 한 벌판

밴티디어스가 개선하는 모습으로 파디아의 왕자 파코러스의 시체를 앞세우고 휘하의 부대장 실리어스와 그 밖의 로마인들, 장교들, 병사들과 등장.

밴티디어스   살창 던지기로 소문난 파디아여, 넌 패망하고 말았다. 운명의 여신이 도와준 덕으로 이제 난 마커스 크래서스의 원수를 갚았다. 왕자의 시체를 우리의 진두(陳頭)에 세워라. 오로디즈여, 너의 아들 파코러스의 죽음은 마커스 크래서스에 대한 대가다.

실리어스   밴티디어스 님, 아직 당신의 검이 파디아인들의 피로 뜨거운 참에 패주하는 파디아군을 추격하십시오. 미디어와 메소포테이미아의 패주병들이 숨을 만한 곳을 모두 찾아 박살을 내십시오. 그러면 앤토니 장군님께서 당신을 개선전차에 태우시고 머리엔 화환을 씌워 주실 겁니다.

밴티디어스   오 실리어스, 실리어스, 난 이 정도면 만족하다, 알겠나? 부하가 너무 지나친 공을 세우는 건 좋지 않아. 잘 기억해 둬. 실리어스, 상관이 안 계실 때 너무 큰 공을 세워 지나친 명성을 얻게 되느니보다 차라리 지나친 공을 세우지 않는 것이 일신상 안전한 법이다 이 말이지. 시저와 앤토니는 사실은 스스로의 힘이라기보다 부하의 힘으로 전승한 적이 더 많았지. 시리아에서 나와 같은 지위에 있던 앤토니의 부관 소시어스도 계속해서 공을 세워 급격하게 명성을 떨친 것까지는 좋았으나 그 때문에 앤토니의 총애를 잃었단 말일세. 싸움터에서 자기의 장군을 능가하는 자는 그 장군의 장군이 되거든. 그러니까 공명심이란 무인의 미덕이지만 자기의 운명을 짓밟게 되는 승리보다는 차라리 패배를 택하는 걸세. 나는 앤토니를 위해서 얼마든지 더 공을 세울 수 있지만, 그렇게 하면 그분의 감정을 상하게 될 것이고, 그 감정을 상하게 하면 내 공은 사라져 버린다 그 말이거든.

실리어스 밴티디어스 부관님, 참으로 현명하십니다. 그런 현명함이 없다면 무인이 칼과 다른 점이 무엇이겠습니까? 그런데 앤토니 장군님께 보고서를 내시겠습니까?

밴티디어스 겸허한 말투로 보고할 생각일세. 싸움터에선 마법과 같은 힘을 가진 앤토니 장군님의 이름으로 혁혁한 전과를 거두었노라고. 그분의 깃발과 후한 보수를 받는 군사들의 힘으로 패배를 모르는 파디아의 기마병대를 전장(戰場)에서 몰아냈다고.

실리어스 장군님은 지금 어디 계십니까?

밴티디어스 아테네를 향해 행진중이지. 우리도 가지고 갈 무거운 짐이 있기는 하나 장군님보다 앞서 도착해야 하네. 자, 진군이다! (모두 퇴장)

제 2 장 로마. 시저의 저택의 곁방

한쪽 문으로 어그리퍼, 다른 문으로 이노바버스 등장.

어그리퍼   어떤가, 형제들은 다 떠났소?

이노바버스   폼피와의 담판이 끝났으니 그자는 돌아갔고 세 분은 지금 조인중이오. 옥테이비어는 로마를 떠난다고 해서 울고 있소. 그래서 시저는 침울하고. 또 미너스의 말인데, 레피더스는 지난번 폼피의 술잔치 이래 위황병(萎黃病)에 걸려 고통받고 있다더군.

어그리퍼   참 레피더스다운 얘기로군.

이노바버스   암, 그렇다마다. 그분은 시저를 굉장히 사랑하고 있다오!

어그리퍼   아냐, 마크 앤토니도 대단히 사모하고 있소!

이노바버스   시저? 정말 그분이야말로 인간 중의 주피터 신이오.

어그리퍼   앤토니는? 그분이야말로 주피터 신의 신이오.

이노바버스   시저 말이오? 아, 그 어른! 이 세상에서 둘도 없는 사람이오!

어그리퍼   아, 앤토니! 그분은 아라비아의 불사조요!

이노바버스   시저를 칭찬하려거든 '시저'라고만 하면 되오. 그 이상은 말할 필요가 없소.

어그리퍼   실제로 레피더스는 최고의 찬사를 두 분에게 잘 퍼붓는다오.

이노바버스   하지만 시저를 가장 사랑하고 그러면서 앤토니도 사랑하고. 허! 그러나 마음도, 혀도, 숫자도, 붓도, 노래도, 시도 앤토니에 대한 사랑을 하는데 그를 생각하고, 말하고, 셈하고, 쓰고, 노래하며, 엮어낼 수가 없단 말이오 ——허! 그러나 시저에 대해서는 무릎을 꿇고 또 꿇고 하여 그저 경탄할 뿐이오.

어그리퍼   그분께서는 두 사람을 다 사랑하신다오.

이노바버스   그분을 딱정벌레에 비한다면 두 사람은 날개요. (안쪽에서 트럼펫 소리) 들어 봐요, 트럼펫 소리가 울리지 않습니까! 아, 저건 말을 타란 신호요. 그럼 잘 계시오, 어그리퍼.

어그리퍼   행운을 빌어요, 이노바버스. 잘 가시오.

시저, 앤토니, 레피더스, 옥테이비어 등장.

앤토니   자, 이제 그만 들어가시죠.

시저   당신은 내 몸에서 귀중한 한 부분을 가져가는 거요. 날 봐서 소중히 해주시오. (옥테이비어에게) 누님, 아무쪼록 내가 생각하는 대로의 아내, 내가 어디까지나 보증할 수 있는 아내가 되어 주세요. 앤토니 장군, 부덕이 높은 이 숙녀가 우리의 우정을 굳게 유지하기 위해서 우리들 사이에 교착물로 처해 있소만 우정의 성곽을 깨뜨리는 망치가 되게 하지는 마시오. 우리가 이런 마음을 간직하고 있지 않다면 차라리 이러한 매개 없이 지내는 편이 더 우정을 두텁게 할 거요.

앤토니   공연한 의심으로 내 기분을 상하게 하시는구려.

시저 이 이상 더 할 말도 없소.

앤토니 매우 걱정이 되시는 것 같은데 곧 알게 될 거요. 조금도 염려 마시오. 그럼 신의 가호가 있고 로마인의 마음이 당신의 뜻에 이바지하기를 기원하오! 자 여기서 작별합시다.

시저 자 그러면 누님, 안녕히 가세요. 바람도 순풍이고 물결도 좋으니 유쾌한 여행이 되시기 바랍니다! 그럼 안녕히.

옥테이비어 잘 있어요!

앤토니 당신 두 눈에 4월의 하늘이 깃들어 있구려. 사랑의 샘물인가 때아닌 소나기가 활짝 필 것 같소. 자, 기운을 내요.

옥테이비어 (시저에게) 부디 남편의 뒷처리를 부탁해요. 그리고 ──

시저 뭔데요, 누님?

옥테이비어 귀를 좀.

앤토니 (방백) 혀는 그녀의 심정을 알알이 표현하지 못하며 또 심정은 말을 이루 다 혀끝에 전하지 못할 게다 ── 밀물에 떠 있는 백조의 깃털 같아 어느 쪽으로도 기울지 않는 것처럼 말야.

이노바버스 (어그리퍼에게 방백) 시저가 울먹울먹하는 거요?

어그리퍼 (이노바버스에게 방백) 얼굴에 터질 듯한 구름이 끼었소.

이노바버스 (어그리퍼에게 방백) 말〔馬〕이라면 심술사나운 말상이었을 텐데. 사람이라서 저 정도지 뭐요.

어그리퍼   (이노바버스에게 방백) 이봐요, 이노바버스, 앤토니는 줄리어스 시저가 죽은 것을 보자 통곡했잖소. 그리고 필리파이에서 브루터스가 살해된 것을 봤을 때도 그랬구.

이노바버스   (어그리퍼에게 방백) 사실 그 해엔 그분이 눈물병에 걸렸었나 봐요. 자기가 기꺼이 죽여 놓고서도 통곡을 했거든. 사실 나까지 따라 울었을 정도니까.

시저   아뇨, 누님, 늘 소식 전해 드리지요. 한시라도 누님을 잊지 않겠습니다.

앤토니   자, 자, 사랑이 누가 더 강한가를 가름한다면 내 언제든지 상대해 주리다. 자, 이렇게 포옹하고 (시저를 포옹한다) 이렇게 놔드리겠소. 신의 가호가 있기를.

시저   안녕히 가시오, 행복을 빕니다!

레피더스   하늘의 모든 별들이 두 분의 즐거운 여행길을 환히 비춰 주소서!

시저   잘 가요, 잘 가세요! (옥테이비어에게 키스한다)

앤토니   안녕히 계시오. (트럼펫의 취주. 모두 퇴장)

제 3 장 알렉산드리아. 클레오파트라의 궁전

클레오파트라, 차미언, 아이러스, 알렉서스 등장.

클레오파트라 그자는 어디 있느냐?

알렉서스 어전에 나오기를 두려워합니다.

클레오파트라 바보 같은 소리.

지난번의 사자 등장.

이리 가까이 오너라.

알렉서스 가령 유대의 폭군 헤로데스라 해도 여왕 전하께서 기분이 좋으실 때가 아니면 감히 존안을 우러러 뵈옵지 못할 것입니다.

클레오파트라 바로 그 헤로데스의 모가지가 내겐 필요하지만 앤토니 장군이 아니 계시니 어떻게 해야 한담? 그의 힘이 있어야 명령을 할 텐데. 더 가까이 오너라.

사자 황공하옵니다 ——

클레오파트라 그래, 옥테이비어를 보았느냐?

사자 예, 뵈었습니다.

클레오파트라 어디서?

사자 로마에서입니다. 소인의 눈으로 얼굴을 똑똑히 봤습니다. 그분의 아우님과 마크 앤토니 장군이 양편에서 보위(保衛)하듯이 걷고 계셨습니다.

클레오파트라   내 키만 하더냐?

사자   그렇게 크지는 않습니다.

클레오파트라   그녀의 말소리를 들어 봤느냐? 목소리가 높더냐, 아니면 낮더냐?

사자   낮은 목소리였습니다.

클레오파트라   그래, 신통치 않군. 그분이 오래 좋아하실 리는 없겠다.

차미언   어머나, 좋아하다뇨! 오, 아이시스의 신이시여! 천부당만부당입니다.

클레오파트라   차미언, 나도 그렇게 생각한단다. 두꺼비 같은 목소리에 키가 난쟁이 같아서야. 걸음걸이에 위엄이 있더냐? 생각해 보아라, 위엄이라는 것을 본 일이 있거든 말야.

사자   걷는 것이 꼭 기어가는 것 같다더군요. 움직여도 가만히 있는 것과 다름없답니다. 산 사람이 아니라 송장이나 다름없는 물체, 숨쉴 줄 모르는 조각 같았습니다.

클레오파트라   그게 정말이렷다?

사자   확실치 않다면 청맹과니와 어찌 다르겠습니까.

차미언   이집트인을 세 사람 합친다 해도 이 남자의 혜안 (慧眼)을 따르진 못합니다.

클레오파트라   매우 총명하다. 내 인정한다. 옥테이비어는 별볼일없는 여자인가 보다. 이자는 보는 눈이 대단하군.

차미언   예, 대단합니다.

클레오파트라   나이는 얼마나 되어 보이더냐?

사자   여왕 전하, 그분은 과부였습니다만 ──

클레오파트라   과부! 차미언, 들어 보아라.

사자 서른 살쯤 되어 보였습니다.

클레오파트라 얼굴이 생각나느냐? 길더냐, 둥글더냐?

사자 보기 흉할 만큼 둥글둥글합니다.

클레오파트라 얼굴이 둥글둥글한 여자는 대개 얼띠기거든. 머리칼은 무슨 빛깔이구?

사자 갈색입니다, 여왕 전하. 그리고 이마는 체신머리 없게 좁고요.

클레오파트라 자, 네게 황금을 주마. 아까 내가 너무 심하게 한 것을 언짢게 생각하지 마라. 내 널 또 사자로 보내야겠다. 이제 보니 네가 사자로선 가장 적당하다. 어서 가서 떠날 준비를 하라. 내 편지를 곧 쓰마. (사자 퇴장)

차미언 올곧은 사람이군요.

클레오파트라 응, 그래. 너무 그 사람을 괴롭혀 준 게 후회가 된다. 으음, 그자의 말로는 그 여자는 그리 대단한 것 같지 않구나.

차미언 그렇다마다요, 전하.

클레오파트라 그자가 위엄 있는 사람을 본 일이 있으니까 잘 알 거다.

차미언 그럼요. 안 그랬다가는 큰일나게요. 그렇게 오랫동안 전하를 섬겨 왔는데요!

클레오파트라 차미언, 그자에게 물어볼 말이 한 가지 더 있는데. 그러나 됐다, 네가 편지 쓰는 방으로 그자를 데리고 오너라. 만사가 다 잘 될 테지.

차미언 여부가 있겠습니까. (모두 퇴장)

제 4 장   아테네. 앤토니 저택의 한 방

앤토니와 옥테이비어 등장.

앤토니   아니, 옥테이비어, 그뿐이 아니오. 그 정도 같으면 용서할 수도 있소. 그 일과 비슷한 일이 천 가지 더 있어도 너그럽게 봐 줄 수 있소. 그러나 그는 폼피에게 새로이 전쟁을 선포했소. 그리고 유언장을 작성해 가지고 민중 앞에서 읽었단 말이오. 내게 대해선 거의 말하지 않았지만 부득이 경의를 표해야 할 경우에도 마지못해 냉담하게 입에 올렸고 날 칭찬할 만한 좋은 기회가 와도 그 기회를 잡지 않고 그저 입끝으로만 우물우물해 버렸다는 거요.

옥테이비어   아, 여보, 모두가 뜬소문이니 다 곧이듣지 마세요. 설사 그렇게 믿어도 일일이 화내지 마세요. 만일 이 일이 불화의 불씨라도 된다면 저는 중간에 끼여 양편을 위해서 기도를 해야 하니 그 이상 불행한 여자가 이 세상에 어디 또 있겠어요? "아 저의 주인이며 남편에게 영광을 주소서!" 하고 빌고 나서 똑같은 소리로 "아 제 동생에게 영광을 주소서!" 하고 앞서 한 기도를 취소하는 기도를 올린다면 당장 신들도 저를 조소할 거예요. 남편이 승리하기를! 아우가 승리하기를! 하고 비는 건 그 기도를 깨뜨려 버리는 것이 돼요 ──이 양극단 사이에는 가운데 길이 절대로 없어요.

앤토니   여보 옥테이비어, 당신의 뜨거운 사랑을 가장 소중히 여기는 사람에게 기울여야 하오. 내가 명예를 잃는다는 건 나 자신을 잃은 거나 진배없어요. 명예를 잃고 당신의 남편이 되느니보다는 차라리 같이 안 사는 것이 더 좋소. 그러나 당신의 간곡한 소원이라면 중재를 하러 가도 좋소. 그동안 나는 당신의 동생을 섬멸하기 위해 전투 준비를 하겠소. 어서 빨리 떠나요. 당신의 소원대로 하오.

옥테이비어 고마워요. 전능하신 조브 신이시여, 원하옵건대 연약한 저로 하여금 두 분의 조정자가 되게 하시옵소서! 두 분이 전쟁을 벌이는 것은 온 세계를 두 쪽으로 쪼개는 것과 다름없어요. 그리고 그 틈바구니는 전사자(戰死者)들로 메우게 된답니다.

앤토니 우리 두 사람 중 어느 편이 먼저 싸움을 걸어 왔는지 알게 되면 그쪽에다가 원한을 쏟구려. 양편이 똑같은 잘못이 있을 리는 만무하오. 그러니 당신의 사랑이 양쪽을 다 사랑할 수 있게끔 자, 떠날 채비를 하구려. 동행할 사람도 마음대로 선택하고, 비용도 마음대로 쓰도록 해요. (두 사람 퇴장)

제 5 장 아테네. 앤토니 저택의 다른 방

이노바버스와 이로스 등장.

이노바버스 여, 이로스!

이로스 이상한 소문을 들었다네.

이노바버스 어떤 소문?

이로스 시저와 레피더스가 폼피와 전쟁을 시작했다는 거야.

이노바버스 뭐 이상할 것도 없지. 그런데 결과는 어찌 됐나?

이로스 시저는 폼피와의 전쟁에서 레피더스를 이용하고서는 동지로서의 지위를 거부하고 승전의 영광을 같이 나누지 않았다지 뭔가. 그런데도 마음이 내키지 않아 그자가 일찍이 폼피에게 발송한 편지에 관한 일로 비난하여 고발하고 자기 손으로 체포했다는 거야. 그러니 가엾게도 천하의 삼분의 일 장군은 옥에 갇힌 신세가 됐으니 아마 죽어서나 자유의 몸이 될 거야.

이노바버스 그렇다면 천하여, 그대는 이제 위아래 두 턱밖에 안 남았군그래. 그러니 천하의 모든 음식을 그 속에다 처넣으면 위아래 턱이 쉴 새 없이 갈고 씹을 것이다. 앤토니는 어디 있지?

이로스 정원을 걷고 있다네 ——이렇게 말야. 그리고 눈앞에 보이는 것은 무엇이든 발길로 차면서 "머저리 같은 레피더스!" 하고 외치며 폼피를 죽인 자기 부하를 작살내겠다고 호통을 치고 있지.

이노바버스　아군의 대함대는 이미 출전 준비가 끝났네.

이로스　이탈리아로 가서 시저와 싸우는 걸세. 할 이야기는 더 있지만 우리 장군님이 자네를 곧 만나 보자고 하니 내 얘기는 후에 하겠네.

이노바버스　뭐 대단한 일은 아닐 거야. 어쨌든 가 보세. 앤토니 장군이 계신 곳으로 안내해 주게.

이로스　자, 따라오게! (모두 퇴장)

제 6 장   로마. 시저의 저택

시저, 어그리퍼, 미시너스 등장.

시저   로마를 모욕한 것이며 모두 그자가 한 짓이다. 그뿐 아니라, 알렉산드리아에서는 그 이상의 일도 있다. 어떤 짓을 했는지 그자가 저지른 양태를 들어 보잔 말야. 시장 한복판에 은을 입힌 단상을 꾸며 놓고 클레오파트라와 보위에 오른 듯 황금의자에 앉아서 바로 그 아래에는 내 선친의 자식이라는 시자리온을 비롯해서 음탕한 두 사람 사이에 생겨난 사생아들을 즐비하게 앉혀 놓았소. 또 클레오파트라를 이집트의 여왕으로 확정해 주었을 뿐 아니라 시리아의 지방, 사이프러스, 리디아까지 통치하게 했단 말이오.

미시너스   그런 짓을 공중 앞에서 했습니까?

시저   시민들이 운동 경기하는 공공운동장이오. 거기서 자식들을 제왕의 왕이라 선포한 다음 미디아, 파디아, 아르메니아를 알렉산더에게, 또 톨레미에겐 시리아, 실리시아와 페니키아를 주었소. 클레오파트라는 그날 여신 아이시스의 차림으로 나타났소. 그전에도 종종 그런 차림으로 여러 사람의 알현을 허락했다는 거지.

미시너스   로마 시민들에게 그대로 알리셔야 합니다.

어그리퍼   그자의 오만불손함에는 이미 구역질을 한 터이니까 그자의 인망은 땅에 떨어질 것입니다.

시저   시민들은 벌써 알고 있소. 뿐만 아니라 그자가 쓴 탄핵장까지 받았으니까.

어그리퍼 누구를 탄핵했단 말입니까?

시저 이 시저지. 탄핵의 골자는 우리가 시칠리아에서 섹스터스 폼피어스를 파멸시키고도 섬의 일부를 자기 몫으로 주지 않았다는 점, 그리고 자기가 빌려 준 선박을 내가 돌려주지 않았다는 점, 끝으로 삼두정치의 한 사람인 레피더스를 제거하고, 내가 그의 모든 수입을 몰수했다는 거요.

어그리퍼 그 점에 대해서는 해명을 해주어야 됩니다.

시저 벌써 해명을 했소. 사자를 보냈으니까. 내가 답한 바로는 "레피더스는 요새 와서 잔학해지고 드디어는 국가의 대권을 멋대로 남용하게 되었으니 이번 처리는 당연하다. 또 내가 정복한 영토에 관해서는 그에게 일부분 분여(分與)해 줄 것이되 그 대신 그가 정복한 아르메니아, 기타 왕국들에 대해서도 같은 권리를 요구한다."고 말해 주었지.

미시너스 그는 결코 그 요구에 응하지 않을 겁니다.

시저 정히 그렇다면 나 역시 양보할 수 없지.

옥테이비어, 수행원들을 거느리고 등장.

옥테이비어 안녕들 하세요, 시저, 그리고 여러분! 잘 있었어요, 그리운 동생!

시저 소박맞고 돌아온 건 아니겠지요!

옥테이비어 그렇지 않아요, 또 그럴 염려도 없구.

시저 그렇다면 어째서 이렇게 은밀히 오셨어요? 도무지 시저의 누님답지 않은 행차시지 뭡니까. 적어도 앤토니의 영부인이시라면 군대를 앞세우고 누님이 도착하시기 전에 말

울음 소리로 알렸어야 했습니다. 길가의 나무 위에는 사람들이 주렁주렁 매달리고, 사람들은 너무 기다리다가 지쳐 졸도를 하고 수많은 군사가 일으키는 먼지가 하늘을 뒤덮었을 것이 아닙니까. 그런데 누님께서는 로마로 장 보러 온 촌색시처럼 돌아오셨군요. 그러니 나로서 애정을 나타내 보이지도 못했습니다. 애정이란 나타내지 않으면 잊혀지기 쉬운 것이죠. 누님의 귀국 때는 바다에서 육지에서 요소요소마다 많은 사람을 보내고 그야말로 인산인해로 환영해 드리고 싶었는데 말입니다.

옥테이비어　고마워요 시저. 내가 이런 모습으로 온 것은 누가 시켜서가 아니라 내 자유로운 의사로 온 것이에요. 시저가 전쟁 준비를 했다는 소식을 남편이 듣고, 그 사실을 알려 주어서 몹시 염려가 되어 남편의 허락을 받고 돌아온 거예요.

시저　옳아, 그래서 말이 떨어지자마자 승낙했군요. 그래야만 자기의 음욕을 채우는 지름길이 되는 거니까.

옥테이비어　그렇게 생각하지 말아요.

시저　난 그 사람을 감시하고 있습니다. 그의 동정은 바람을 타고 들려오지요. 지금 그 사람은 어디 있나요?

옥테이비어　아테네에 있을 거예요.

시저　아닙니다, 누님은 큰 모욕을 당하고 계십니다. 클레오파트라가 그 사람을 불러들였어요. 자기의 제국을 창녀에게 넘겨 주었습니다. 그 두 사람은 지금 전쟁 준비로 여러 국왕들을 모아놓고 있답니다. 이미 모인 국왕만 해도 리비아 왕 복커스, 캐퍼도시어의 아킬레이어스, 패플라고니아의 필

라델포스 왕, 트라키아의 왕 애달라스, 아라비아의 왕 맨커스, 폰트의 왕, 유대 왕 헤로데스, 코마지인의 미스리데이티즈 왕, 미드 왕 폴리몬과 라이코니아 왕 애민타스, 그밖에 많은 국왕들을 열거할 수 있습니다.

옥테이비어   아, 난 불행한 사람이야. 두 분이 싸우는 틈바구니에 끼여 내 마음은 두 조각으로 쪼개지고 말았어!

시저   잘 오셨습니다. 그간 누님의 편지를 읽고 분노를 참았습니다만 그 사이 누님이 얼마나 수모를 당하고 있으며 내가 가만히 있으면 얼마나 큰 위험에 부딪히게 될지 깨달았습니다. 자, 기운을 내세요. 비록 상황은 긴박하고 어렵기는 하나 그렇다고 심려하진 마세요. 이미 결정된 일은 비탄하지 말고 운명에 맡기세요. 어쨌든 로마로 잘 돌아오셨습니다. 누님은 내겐 누구보다도 소중한 분이십니다. 누님은 이루 말할 수 없는 모욕을 받고 계십니다. 그래서 신들은 누님을 사랑하는 우리들을 대관(代官)으로 하여 정의를 위해 응징케 하는 겁니다. 부디 고정하세요. 참 잘 돌아오셨습니다.

어그리퍼   잘 돌아오셨습니다.

미시너스   정말 잘 돌아오셨습니다. 로마 사람들은 한결같이 부인을 떠받들며 애석해합니다. 오직 음탕한 늪에 빠진 저 방탕아 앤토니만이 부인을 돌보지 않습니다. 게다가 권력을 창녀에게 떠맡겨 우리와 분란을 일으키고 있습니다.

옥테이비어   정말 그럴까요?

시저   확실히 그렇습니다. 누님, 잘 오셨습니다. 이를 악물고 꼭 참으세요, 누님! (모두 퇴장)

제 7 장　액티엄. 앤토니의 진영

클레오파트라와 이노바버스 등장.

클레오파트라　네게 앙갚음을 해줄 테니 어디 두고 보자.

이노바버스　아니 왜, 왜, 왜죠?

클레오파트라　그대는 내가 전쟁에 출전하는 게 부적당하다고 했겠다.

이노바버스　그럼 적당하답니까?

클레오파트라　나에게 선전포고를 했지 않은가? 그런데 어째서 출전이 나쁘단 말이냐?

이노바버스　(방백) 대답이야 간단하지. 수말과 암말이 함께 출전하는 날엔 수말이 질 수밖에. 도대체 이놈의 말들이 병사를 태운 채로 수놈의 말들을 낚아서 갈 터이니 말야.

클레오파트라　대체 무슨 소릴 하는 거냐?

이노바버스　전하께서 함께 출전하시면 앤토니 장군께서는 반드시 곤욕을 치르시게 될 겁니다. 싸움터에서 절대로 필요한 그분의 마음과 머리와 시간이 빼앗기게 되니 말입니다. 그렇잖아도 장군님께서는 경박하다는 비난을 받고 계실 뿐 아니라 내시 포티너스와 시녀들이 겨우 전쟁을 지휘하고 있다는 평판이 로마에 파다합니다.

클레오파트라　로마는 땅속에 묻혀 버려라! 날 헐뜯는 혓바닥은 썩어 문드러져 버려라! 전쟁 비용은 내가 대고 있다. 그러니 내 왕국의 주권자로서 남자 못지않게 출전하련다. 앞으로 또 왈가왈부하는 자는 용서하지 않겠다. 뒤에 앉아 바라만 보고 있을 내가 아니다.

이노바버스 다시는 아무 말씀 않겠습니다. 아, 황제께서 납십니다.

앤토니와 캐니디어스 등장.

앤토니 참 이상한 일이군, 캐니디어스, 타렌텀이나 브런듀시엄에서 출범한 적의 배들이 어느 사이에 아이오니아 해를 건너 벌써 토린을 점령했다니 말일세. 여보, 당신도 들었소?

클레오파트라 재빠른 남의 일을 감탄하는 건 느리고 태만한 사람이죠.

앤토니 대현(大賢)이 태만을 비난하니 이는 뼈에 박히는 책망이구려. 캐니디어스, 난 바다에서 적과 싸우겠소.

클레오파트라 바다에서! 그렇고말고요!

캐니디어스 왜 바다에서 싸우시려는 것입니까?

앤토니 적이 바다에서 싸움을 걸어오니까 말이지.

이노바버스 걸어온다고 하시니 장군님께서도 그자에게 일 대 일의 한판 싸움을 하자고 한 일이 있잖습니까?

캐니디어스 그렇습니다, 줄리어스 시저가 폼피와 싸웠던 파셀리어에서 이번 결전을 하자고 도전했습니다. 그런데 그자는 자기에게 불리한 것을 알고 거절해 버리지 않았습니까. 그러니 장군님께서도 그런 식으로 처리하시는 것이 좋겠습니다.

이노바버스 아군의 배들은 선원이 충실치 못합니다. 수군(水軍)들이라야 갑자기 징발한 마부와 농사꾼들입니다. 그런데 시저의 함대는 폼피와 자주 해전을 치러온 자들입니다. 적군의 함정들은 민첩하고, 아군의 함정들은 둔합니다. 육전에는 만반의 준비가 되어 있는 만큼 해전을 거절하셔도 수치가 될 것은 조금도 없습니다.

앤토니　해전이다, 해전.

이노바버스　장군님, 해전은 장군님께서 육전에서 세우신 혁혁한 전공을 내던져 버리시는 셈이 됩니다. 그리고 역전의 용맹한 병사들로 구성된 군대를 뿔뿔이 분산시키고 장군님의 그 뛰어난 전략조차도 실천해 보시지도 못하고 필승의 방법을 스스로 포기하시고 단순히 운수의 놀음에 승패를 거신 것과 다름없으십니다.

앤토니　어쨌든 난 바다에서 싸우겠다.

클레오파트라　나에게 육십 척의 배가 있어요. 시저는 나보다 많지 않아요.

앤토니　여분의 배는 모조리 불살라 버린다. 그리고 나머지 배들로 충분히 무장하여 공격해 오는 시저를 액티엄 곶에서 무찔러 버린다. 만일에 패한다면 그때 가서 육전으로 격퇴시킬 수 있소.

　사자 등장.

무슨 일이냐?

사자　이 보고는 사실입니다, 장군님. 시저의 군대가 나타났습니다. 시저는 이미 토린을 점령했습니다.

앤토니　그 사람이 나타났단 말이냐? 그럴 리가 없다. 적군이 벌써 그곳까지 쳐들어오다니, 이상한 일이다. 캐니디어스, 당신은 십구 개 군단과 기병 일만 이천을 육전에서 지휘해 주시오. 난 해전을 하리다. 자, 떠납시다, 바다의 여신 테티스여!

　　병사 한 사람 등장.

상황이 어떠냐?

　　병사　아, 황제 폐하, 바다에서 싸우지 마십시오. 썩은 판자떼기는 절대로 믿을 게 못 됩니다. 이 칼과 이 상처난 자국들을 믿지 않으시렵니까? 물오리 놀이는 이집트인들과 페니키아인들이 하게 내버려 두십시오. 저희들은 땅 위에 발을 디디고 서서 맞붙어 싸워 이기는 일에 익숙해 있습니다.

　　앤토니　알았다, 알았다. 자, 가십시다! (앤토니, 클레오파트라, 뒤따라 이노바버스 퇴장)

　　병사　허큘리즈에게 맹세하지만 제 의견이 틀리진 않습니다.

　　캐니디어스　병사, 그 말이 옳다. 그러나 장군님의 모든 작전은 자기 마음대로 못하고 여자한테 지휘당하고 있는 형편이야. 그러니 우리들도 다 여자의 부하이지 뭐냐?

　　병사　장군님께서는 군단과 기병을 전부 거느리시고 육전을 지휘하신다죠?

　　캐니디어스　그렇다. 마커스 옥테이비어스, 마커스 저스테이어스 그리고 퍼블리콜라와 실리어스는 해전에 참전하지만 우리들은 전부 육지에서 싸운다. 시저가 이렇게 빨리 쳐들어올 줄은 미처 몰랐다.

　　병사　시저가 로마에 있는 동안 이미 병력을 야금야금 투입시켰기 때문에 그만 간첩들도 모두 속은 것입죠.

캐니디어스 적의 부사령관은 누군지 아나?

병사 토러스라고 합니다.

캐니디어스 그래, 그자라면 내 잘 알지!

사자 등장.

사자 황제께옵서 캐니디어스 님을 부르십니다.

캐니디어스 꼬리에 꼬리를 문 보고를 낳느라고 '시간'이
산고(産苦)를 거의 일분마다 겪는구나. (모두 퇴장)

제 8 장   액티엄 부근의 벌판

시저와 토러스가 군사를 거느리고 진군하면서 등장.

시저   토러스 장군!

토러스   네?

시저   육전에서는 싸우지 말고 해전이 끝날 때까지 병력이 분산되지 않도록 집결시키시오. 이 두루마리에 적힌 지령서를 어기면 안 되오. 우리의 운명은 이번 싸움에 달려 있으니까. (모두 퇴장)

제9장 앞의 장과 같은 벌판의 다른 곳

앤토니와 이노바버스 등장.

앤토니 우리 군대는 시저의 군대가 눈앞에 보이는 저 언덕 너머에다 진을 치게 하오. 거기에서는 적의 함대의 수효를 볼 수도 있고 그에 따라 작전을 세울 수도 있으니까. (두 사람 퇴장)

제 10 장   앞의 장과 같음

한쪽에서 캐니디어스가 그의 군대를 거느리고 진군하며 퇴장. 다른
쪽에서 토러스가 같은 모양으로 나왔다가 퇴장. 그들이 퇴장한 후
해전의 함성이 들려온다.

이노바버스 등장.

이노바버스   틀렸다, 틀렸어, 다 틀렸어! 어디 눈을 뜨고
바라볼 수가 있나? 육십 척의 함대를 이끈 이집트의 기함
(旗艦) 앤토니아드 호가 방향을 돌려 달아나다니. 그 꼬락
서니를 바라보자니 내 눈이 으스러질 지경이다.

스캐어러스 등장.

스캐어러스   남신들과 여신들, 그리고 천상에 계신 모든
신들이시여!

이노바버스   왜 그렇게 개탄하오?

스캐어러스   천하의 절반 이상을 어처구니 없는 바보짓으
로 잃고 말았소. 그 많은 왕국과 영토들을 계집년과 입맞추
다가 날려 버렸단 말이오.

이노바버스   전황은 어떻고?

스캐어러스   우리 편은 다 죽게 된 염병환자나 진배없소.
죽음은 틀림없소. 그 이집트의 색골인 화냥년 같으니 ──
문둥병에나 걸리면 체증이 풀리겠다! ── 글쎄 한창 싸우
는 판에 그것도 양편의 형세가 쌍둥이처럼 똑같을 때, 아니

오히려 우리 편이 우세한 판인데——유월 쇠파리에 쏘인 암소처럼!——갑자기 돛을 올리고 나 살려라 하고 뺑소니를 친단 말이야.

이노바버스 나도 봤소. 그 꼴을 보고 눈이 뒤집히며 더이상 바라볼 수 없었소.

스캐어러스 계집이 뱃머리를 바람 부는 쪽으로 돌리자마자 그 계집에게 혼을 뺏긴 앤토니는 돛을 펄럭거리면서 암컷에 반한 수오리처럼 치열한 전투를 팽개치고 여왕을 뒤따라 달아났다구. 이런 수치스런 전쟁은 내 일평생을 두고 본일이 없소. 전투의 경험과 남자의 기개와 명예를 그렇게 더럽히다니.

이노바버스 아, 이럴 수가!

캐니디어스 등장.

캐니디어스 바다에서 우리의 운명은 영면(永眠)길에 올라 파도 속에 비참하게 가라앉고 말았소. 예전 그대로의 앤토니 장군님이었다면 이런 처절한 꼴은 당하지 않았을 거요. 아, 스스로 도주해서 부하들에게 부끄럽고 더러운 본보기를 보여 주다니.

이노바버스 당신도 그렇게 생각하시오?

캐니디어스 다들 펠로폰네소스로 달아났어요.

스캐어러스 그리로 가는 건 어렵지 않죠. 그럼 나도 그리로 가서 사태를 관망하겠소.

캐니디어스 난 내 군단과 기병을 시저에게 양도하겠소. 벌써 여섯 나라 왕들이 항복하는 걸 보았다오.

이노바버스   나의 이성은 반대하지만 그래도 난 운이 기울어진 앤토니 장군을 따르리다. (모두 퇴장)

제 11 장 알렉산드리아. 클레오파트라의 궁전

앤토니, 시종들과 함께 등장.

앤토니 자, 다들 들어 보오! 대지도 나에게 두 번 다시 발을 딛지 말라고 한다 ——날 떠받쳐 주는 걸 창피하게 생각하는 모양이지. (시종들에게) 모두들 이리로 오라. 난 이제 이 세상 가는 길이 저물어 영원히 갈 곳을 잃은 나그네 신세가 되었다. 나에게 황금을 실은 배 한 척이 있으니 그것을 나눠 가지고 도망을 쳐 시저와 화해를 하라.

시종들 도망치라구요! 죽어도 못 합니다.

앤토니 나 자신이 도망을 쳤다. 적군에게 등덜미를 보이는 걸 비겁한 자들에게 가르쳐 준 셈이다. 물러들 가라. 난 비장한 결심을 했다. 이젠 너희들이 필요치 않다. 잠자코 물러들 가라, 항구에 내 보물이 있으니 그걸 나누어 갖도록 하라. 난 보기도 창피한 사람의 뒤를 쫓아왔다. 내 머리칼조차 서로 아귀다툼을 하고 있다. 흰 머리칼은 갈색 머리칼을 경박하다고 꾸짖고, 갈색 머리칼은 흰 머리칼을 겁쟁이니 색에 미쳤다고 대들지 뭔가. 모두들 가라. 내가 편지를 써줄 테니 그것을 가지고 내 친구에게로 가면 너희들을 돌봐 줄 것이다. 제발 슬픈 표정일랑 짓지 말라. 싫다고도 하지 말라. 절망이 주는 기회를 놓치지 말라. 스스로 버린 자를 내버리고 가라. 곧장 바다로 가라. 배에 실려 있는 보물은 모두 너희들

것이다. 제발 물러들 가라. 자, 부탁이다. 난 이제 명령할 권리도 없다. 그러니 부탁한다. 후에 다시 만나자. (앉는다)

클레오파트라가 차미언과 이로스에게 부축을 받으며 등장. 그 뒤를 아이러스가 따른다.

이로스 전하, 저기 계신 장군님을 위로해 드리십시오.

아이러스 그렇게 하십시오, 전하!

차미언 그러십시오! 부디 그렇게 하셔야 합니다.

클레오파트라 좀 앉아야겠다. 아아, 주노 여신이여!

앤토니 (방백) 아니야, 아니야, 아니야, 아니야, 안 돼구 말구.

이로스 (앤토니에게) 이쪽을 좀 보시지요.

앤토니 에잇, 속이 뒤집힌다, 바보, 병신!

차미언 전하!

아이러스 전하, 전하!

이로스 장군님, 장군님!

앤토니 (방백) 응, 그렇다. 내가 필리파이 전쟁에서 저 말라빠지고 주름살 투성이인 캐시어스를 칠 때도 그자는 칼을 무희처럼 허리에 차고만 있었지. 그리고 저 미친 브루터스를 친 것도 나다. 그자는 부하를 시켜서 싸웠지, 몸소 전투를 한 일이 없거든. 그나저나 이젠 다 지난 일이다.

클레오파트라 아! 나 좀 도와다오.

이로스 장군님, 전하께서 여기 계십니다. 전하이십니다.

아이러스 전하, 가까이 가셔서 위로의 말씀을 드리십시오. 장군님께선 치욕감에 제정신이 아니십니다.

클레오파트라 그럼 날 부축해 다오, 아아!

이로스 장군님, 일어나십시오. 전하께서 납시셨습니다. 전하께서는 머리를 떨어뜨리시고 지금이라도 숨을 거두실 것 같습니다. 장군님의 위로의 말씀만이 전하를 구해낼 수 있습니다.

앤토니 난 명예를 더럽혔다. 이건 부끄럽기 짝이 없는 실수다.

이로스 장군님, 여왕 전하이십니다.

앤토니 아, 이집트의 여왕, 당신은 날 어디로 끌고 왔소? 난 내 치욕을 당신에게 보이지 않으려고 이 불명예로 허물어진 내 과거의 영광을 더듬고 있었소.

클레오파트라 아, 장군님, 장군님, 용서해 주세요. 비겁하게 뱃머리를 돌린 것을 말예요! 당신이 뒤따라오실 줄은 꿈에도 생각 못했어요.

앤토니 이집트 여왕이여, 내 마음이 당신 배의 키에 꽁꽁 묶여 있었소. 그래서 끌려갈 것을 잘 알고 있었을 것이오. 내 영혼은 완전히 당신의 종이 되어 당신이 눈짓만 해도 신의 명령이라도 물리치고 당신에게로 달려간다는 걸 당신은 알았을 거요.

클레오파트라 아, 용서해 주세요!

앤토니 이제 그 애송이에게 머리를 낮춰 강화를 청해야 하고, 천한 자들이 곧잘 쓰는 속임수를 쓰거나 어물어물 속여 넘겨야겠소. 천하의 반을 내 마음대로 떡 주무르듯 주무르고 사람의 운명을 가지고 놀던 이 내가 말이오. 당신은 날 얼마나 정복했는지를 잘 알고 있소. 애정으로 말미암아 약해진 이 칼은 무슨 일이든 애정의 명령에 복종하리라는 것도 말이오.

클레오파트라 용서하세요, 용서하세요!

앤토니 눈물을 흘리지 마오. 그 눈물의 한 방울 한 방울은 내가 얻고 잃은 모든 것과 같이 소중한 거요. 키스해 주오. 이것만이 나에겐 충분한 보상이 되오. 애들 선생을 사절로 보냈는데 돌아왔소? 지금 내 마음은 납덩이처럼 무겁소. 여봐라, 누가 있거든 술과 먹을 것을 가져오너라. 사람이란 운명의 가장 큰 타격을 받았을 때 오히려 운명을 무시하는 법이니까. (모두 퇴장)

제 12 장 이집트. 시저의 진영

시저, 어그리퍼, 돌러벨러, 타이디어스, 그밖의 사람들을 거느리고
등장.

시저 앤토니에게서 온 사자를 들어오게 하시오. 그자를
아오?

돌러벨러 시저 장군, 그자는 앤토니의 교사입니다
——이렇게 하찮은 사자를 보낸 걸 보면 그자도 이젠 털이
다 빠진 새가 됐다는 증거입니다. 몇 달 전만 해도 얼마든지
많은 국왕을 사자로 보내던 처지였는데 말입니다.

교사가 앤토니의 사자로서 등장.

시저 이리 가까이 와서 말하오.

교사 하찮은 이 사람은 앤토니 장군의 사자로 온 사람입
니다. 최근까지 그분을 보필해 왔습니다만 그분이 망망한 바
다라면 소인은 도금양(桃金孃)의 잎에 깃드는 아침 이슬처
럼 보잘것없는 신분입니다.

시저 그건 그렇고, 어서 용건을 말해 보오.

교사 앤토니 장군께서는 각하를 운명의 주인으로 생각하
고 계십니다. 앤토니 장군께서는 이집트에서 살 수 있도록
각하의 윤허를 원하십니다. 그것이 허용되지 않을 경우에는
소원을 줄여 그저 아테네의 한 시민으로 천지간에 숨이나
쉴 수 있도록 각하께 간청하십니다. 그분에 관해서는 이상과

같습니다. 다음은 클레오파트라에 대해서입니다만 각하의 위력에 복종하시겠답니다. 그리고 오로지 각하의 은혜에 달려 있습니다만 톨레미 왕가 대대의 왕관을 자기의 자손들에게 물려 주도록 해주십사 하고 탄원하십니다.

시저 앤토니에 관해서는 그의 청을 들어 줄 귀도 없다. 여왕에게는 접견도 허락하고 소원도 들어 줄 수 있다. 다만 조건이 있다. 명예를 땅에 던진 그 애인을 이집트에서 추방하든지 목숨을 빼앗든지 이 일만 여왕이 이행한다면 청은 들어 줄 것이다. 그들 두 사람에게 그렇게 전하시오.

교사 행운을 기원하나이다.

시저 이 사람을 경호해서 진중을 통과시켜 주어라. (교사 퇴장) (타이디어스에게) 이제야말로 자네의 능변을 시험해 볼 때가 왔네. 빨리 가서 앤토니에게서 클레오파트라를 빼앗아야만 하네. 여왕의 소망은 무엇이든지 들어준다고 내 이름으로 약속해 주게. 아냐, 자네 재량에 따라 더 좋은 조건을 제공해도 좋아. 여자란 행운의 절정에 있을 때에도 굳세지 못한 법, 하물며 곤경에 빠지면 아무리 순진무구한 처녀라도 무슨 짓이든 다 하거든. 타이디어스, 수완을 십분 발휘해 보게. 자네의 수고에 대한 논공 행상은 자네 마음대로 쓰게, 그대로 법률로서 인정해 주리다.

타이디어스 시저 장군, 그럼 다녀오겠습니다.

시저 앤토니가 역경에 어떻게 대처하고 있는지 그의 일거일동이 무엇을 말해 주는지 잘 보고 오게.

타이디어스 알겠습니다. (모두 퇴장)

제 13 장 알렉산드리아. 클레오파트라의 궁전

클레오파트라, 이노바버스, 차미언, 아이러스 등장.

클레오파트라 이노바버스, 도대체 어떻게 하면 좋겠소?

이노바버스 그저 번민하다가 세상을 하직하시는 겁니다.

클레오파트라 이번 일은 앤토니의 잘못이오, 아니면 나요?

이노바버스 잘못은 앤토니 장군뿐입니다. 정욕을 이성의 상전으로 삼으려 했으니 말입니다. 양쪽 군대의 함대가 서로 대치하여 상대방을 위협하는 일대 해전이 벌어지고 있을 때 설사 전하께서 도주하셨다 하여도 그분이 왜 뒤따라와야 한단 말입니까? 천하를 가를 사생결단을 낼 싸움에서 끓는 욕정 때문에 지휘관의 책무를 헌신짝처럼 포기하시다니 말이나 됩니까. 가장 치욕적인 건 패전이 아니라 도망치는 여왕의 깃발을 뒤쫓아갔기 때문에 어이없어 하는 아군의 선단을 내버린 것입니다.

클레오파트라 제발 그만.

앤토니, 교사와 함께 등장.

앤토니 그게 그자의 대답이오?

교사 그러하옵니다.

앤토니 날 볼모로 넘겨 주기만 하면 여왕을 후대해 주겠다는 말이오?

교사   예, 그렇습니다.

앤토니   여왕께 그렇게 알려야겠군. 그 애송이 시저에게 머리가 희끗희끗한 이 목을 보내시오. 그렇게 하면 당신 소원대로 많은 영토를 줄 테지.

클레오파트라   당신의 목을?

앤토니   다시 한 번 다녀와요! 그자에게 이렇게 전하고. 그자는 지금 한창 피는 청춘의 장미꽃이니까 세상 사람들은 그자에게 비범한 공적을 기대할 거요. 그자가 가진 화폐나 군함이나 군대 같은 건 비록 겁쟁이라 해도 다 써먹을 수 있소. 또 그자 밑에 있는 대장들도 시저의 지휘가 아니라 어린 이가 부려먹어도 승리를 거둘 수 있을 것이오. 그러니 모든 화려한 허식을 치워 버리고 영락(零落)한 나와 단둘이서 칼과 칼로 한판 승부를 원한다고 전하오. 내 편지를 써줄 터이니 따라오시오. (교사와 함께 퇴장)

이노바버스   (방백) 흥, 그렇지, 당당한 대군을 호령하는 시저가 행운의 지위를 내던지고, 일개 검객과 싸우는 구경거리가 되어 준다! 인간의 분별력이란 운명과 밀접한 관련이 있는 법인가 보다. 외면이 내면을 질질 잡아 끌어 그만 운명이 곤두박질하면 분별력도 맥을 못 쓰는가 보군. 분수를 알 만한 앤토니가 행운이 넘치는 시저께서 공허한 자기의 도전에 응해 주리라고 헛꿈을 꾸다니! 시저여, 당신은 앤토니의 분별력마저 정복하셨군!

하인 등장.

하인 시저의 사신이 왔습니다.

클레오파트라 아니, 이젠 예의범절도 없느냐? 보아라, 시녀들아, 꽃봉오리 때에는 무릎을 꿇던 자들이 활짝 핀 장미 앞에서는 코를 틀어막는구나. 들어오라 하라. (하인 퇴장)

이노바버스 (방백) 내 명예심이 나와 대판 싸움을 벌이는군. 천치바보에게 충성을 바치면 그 충성마저 바보짓이 되고 마니. 그렇지만 몰락한 상전을 충절로써 따르는 사람은 상전을 이긴 자에게도 이긴 셈이 되어 청사에 이름을 남겨놓게 되거든.

타이디어스 등장.

클레오파트라 시저의 의향은?

타이디어스 주위를 물려 주셨으면 합니다.

클레오파트라 내 심복들만 있으니, 염려 말고 말하오.

타이디어스 그렇다면 앤토니의 심복들이기도 하겠군요.

이노바버스 앤토니 장군에게도 시저처럼 심복이 필요하오. 그렇지 않다면 우리들을 필요로 하지 않지요. 시저가 원한다면 우리 상전은 당장에라도 그리로 뛰어갈 것이며 우리들도 우리 상전이 상전으로 섬기는 사람의 부하가 되는 거요. 즉 시저의 부하가 된다 이 말이죠.

타이디어스 썩 좋습니다. 그건 그렇고 고명하신 여왕 전하, 시저 각하께서 간청하십니다. 현재 처하신 입장을 생각하지 마시고 오직 시저를 시저로만 여겨 달라고 하십니다.

클레오파트라 말을 계속하오. 참으로 왕다운 말씀이오.

타이디어스 여왕 전하께서 앤토니를 품안에 받아들인 건 그를 사랑했기 때문이 아니라 두려웠기 때문이라는 걸 시저 각하께서 알고 계십니다.

클레오파트라   아아!

타이디어스   이번 여왕 전하의 명예 손상은 의당 받을 만한 것이 아니라 강요된 치욕이라고 인정하시어, 몹시 동정하고 계십니다.

클레오파트라   그분이야말로 신이시오. 어쩌면 그렇게 진실을 꿰뚫고 계실까? 내 명예는 자진해서 바친 것이 아니라 순전히 힘으로 강탈당한 것이오.

이노바버스   (방백) 그게 사실인지 앤토니 장군에게 물어봐야겠다. 아, 장군님은 물이 저렇게 새어드니 침몰할 수밖에 없군. 가장 사랑하던 사람마저 저렇게 장군님을 버리니 말이야. (퇴장)

타이디어스   여왕 전하의 소청이 있으시다면 무엇이든지 시저 각하께 아뢸까 합니다. 실은 시저 각하께서는 여왕 전하의 소청을 바라고 계시니까요. 전하께서 그분의 행운을 지팡이삼아 의지하신다면 매우 기꺼이 받아들이실 겁니다. 아니, 전하께서 앤토니를 버리시고 온 천하의 제왕인 그분의 보호를 받으시겠다는 보고를 소신에게서 들으시면 무척 만족해하실 것입니다.

클레오파트라   당신의 성함은 무엇이오?

타이디어스   타이디어스라 합니다.

클레오파트라   이렇게 인자하신 사신이 있다니, 위대하신 시저에게 이렇게 아뢰주오. 날 대신해서 정복자이신 그분의 손에 내가 입을 맞춘다고. 또 나의 왕관을 그분의 발 밑에 바치며 무릎을 꿇겠노라고 말씀하세요. 그리고 온 천하의 만백성이 좋아하는 그분의 목소리에 이집트 여왕의 운명을 맡기노라고 전해 주오.

타이디어스 그것이 가장 현명하신 처사입니다. 지혜와 운이 서로 맞설 때 지혜가 혼신의 힘을 다해 밀어붙이면 어떠한 운명도 불행으로 떨어지는 법은 없습니다. 전하의 손에 경의를 표하는 영광을 허락해 주십시오.

클레오파트라 시저의 선친께서도 여러 왕국을 정복할 생각에 골몰하고 계실 때, 하찮은 이 손에 키스의 소낙비를 퍼부으셨소. (손을 내준다)

앤토니와 이노바버스 다시 등장.

앤토니 키스의 은총까지도, 천지개벽을 할 일이로군! 넌 웬 놈이냐?

타이디어스 가장 위대하시고 천하에 군림하실 만한 분의 명령을 수행하러 온 사자입니다.

이노바버스 (방백) 곤장을 맞을 거다.

앤토니 (큰 소리로) 거기 아무도 없느냐! (클레오파트라에게) 아, 이 매춘부야! (사이) 에잇, 빌어먹을! 내 위신은 땅에 떨어졌구나. 최근까지만 해도 내가 "야!" 하고 소리 한 번 지르면 여러 나라의 왕들이 장난감을 보고 달려드는 아이들처럼 뛰어와서 "왜 그러십니까?" 하고 소란을 피웠는데.

시종들 황황히 등장.

이놈들아, 귀가 먹었느냐? 난 그래도 앤토니다. 이 뻔뻔한 놈을 저리로 끌고 가서 곤장을 마구 쳐라.

이노바버스 (방백) 여왕도 다 죽어가는 늙은 사자보다도 젊은 새끼 사자와 노는 것이 더 좋겠다.

앤토니 고얀 놈! 저놈을 매우 쳐라! 시저에게 항복하고 공물을 바치는 20개국의 강한 왕이라 할지라도 오만불손하게 이 여자의 손을 어찌 감히 만지는가 —— (클레오파트라를 가리키며) 전엔 클레오파트라였지만 이 여자의 이름이 지금은 무엇이냐? 여봐라, 이놈을 쳐라, 어린애처럼 얼굴을 일그러뜨리고 울먹이며 살려 달라고 외칠 때까지. 이놈을 저리로 끌고 가라.

타이디어스 마크 앤토니 ——

앤토니 저리 끌고 가서 곤장을 친 후에 다시 데려오너라. 이 시저의 종놈에게 내 편지를 보낼 것이다. (시종들, 타이디어스를 데리고 퇴장) 내가 당신을 알기 이전에 당신은 이미 반은 시들어 있었소……흥! 그래, 내가 부덕이 있는 아내를 로마의 독수공방에다가 자식도 낳지 못하게 내버려 둔 건 시정배들에게 간릉을 떨고 알랑수를 부리는 계집에게 속아 넘어가기 위해서인가?

클레오파트라 아, 여보 ——

앤토니 당신이야말로 허파에 바람든 건 어제 오늘의 일이 아냐. 하지만 사람이란 악덕으로 굳어 버리면 ——아, 참으로 서글픈 일이지! ——현명하신 신들은 우리의 눈을 가리고 명석한 판단력을 쓰레기통에 쏟아넣고 과오를 찬양하고 파멸의 길을 거드럭대며 가는 우리들을 바라보고는 조소하는 법이야.

클레오파트라　아, 큰일이 되어 버렸군요.

앤토니　당신은 죽은 시저의 접시 위에 먹다 남은 차디찬 찌꺼기였소. 아니, 내어스 폼피가 남긴 부스러기였지. 그 외에도 세평에는 오르지 않았지만 음탕한 정욕에 몸을 불사른 시간이 얼마나 있었지? 대체 당신은 정절이 무엇인지 짐작은 할지 모르지만 사실 그것이 어떠한 것인지 알지 못해.

클레오파트라　왜 그런 말씀을 하세요?

앤토니　상을 받고서 "신의 은총이 있기를!" 하고 중얼대는 거렁뱅이에게 내 놀이 벗인 그 손을 함부로 내맡기다니! 왕의 증인(證印)으로서 고귀한 사람의 사랑의 맹세를 받을 그 손이 아니오! 아, 베이샌의 언덕이라도 올라가서 오쟁이지고 뿔돋힌 수놈보다도 큰 소리로 외치고 싶구나! 난 미칠 것만 같다. 내게 얌전하게 말하라 하는 건 마치 교수형을 받은 죄인이 목을 빨리 매주었다고 교수형 집행인에게 감사의 말을 하는 것과 무어 다를 것이 있는가.

　시종들, 타이디어스를 데리고 다시 등장.

매를 때려 주었느냐?

시종1　너부러지도록 때렸습니다, 장군님.

앤토니　울던가? 용서를 빌던가?

시종1　자비를 간청했습니다.

앤토니　(타이디어스에게) 네 부친이 아직도 살아 있다면 네놈을 딸로 낳지 않았음을 후회시켜라. 그리고 시저가 개선했다고 따라다닌 것을 뉘우쳐라. 그자를 따른 죄 때문에 매를 맞은 것이니까. 앞으로 귀부인의 흰 손만 봐도 학질에 걸린 것처럼 사시나무 떨 듯 떨 게다. 시저에게로 돌아가서 네가 받은 대접을 보고해라. 잊지 말고 내가 그자에게 격분했다고 말하란 말이다. 그자는 내 과거를 잘 알면서도 시덥잖게 무시해 버리고 지금의 내 신세만 생각하고 오만불손한 태도로 나오니까 말이다. 그자는 날 노하게 했다. 하기야 나를 노하게 하기는 지금이 가장 쉬울 때지. 아닌 게 아니라 나를 행운으로 이끌어 주던 별들도 지금은 다 궤도를 떠나 버려 그 빛을 지옥의 심연 속에 떨어지게 했으니까. 만약 내가 한 말과 행동을 못마땅하게 여기거든 내가 해방시켜 준 노예 히파커스란 자가 그곳에 가 있으니 내 대신 그자를 때리든지 목을 조르든지 고문하든 마음대로 해서 나에게 보복하라고 꼭 그대로 전하렸다. 태질 자국을 지닌 채로 돌아가란 말이다! (타이디어스 퇴장)

클레오파트라   일을 끝내셨나요?

앤토니   아아, 이 땅의 달님도 월식으로 빛을 잃었구나. 그건 오로지 이 앤토니의 파멸을 알리는 징조이다.

클레오파트라   고정하실 때까지 기다려야 되겠다.

앤토니   시저에게 아첨하려고 그자의 바지 끈이나 매어 주는 하인놈에게까지 추파를 보냈단 말이오?

클레오파트라   아직도 내 마음을 모르세요?

앤토니   얼음처럼 차가워진 당신의 마음 말이오?

클레오파트라   아, 만일 그것이 진실이라면 하늘이여, 내 차디찬 마음이 우박이 되어 또 거기다 독을 집어넣어 그 첫 알이 내 목줄기를 때리게 하소서. 그리고 그것이 녹으면 내 생명도 끝나게 하소서! 그 다음에는 내 아들 시자리온의 목을 때려주소서! 그리고 계속해서 내 몸을 가르게 한 자식들은 말할 것도 없고 훌륭한 이집트 백성 전부를 무서운 우박의 폭풍 속에서 무덤도 없이 죽게 해서 나일 강의 파리떼나 각다귀떼가 먹어서 그 뱃구레 속에 매장되게 하소서!

앤토니 이젠 잘 알았소. 지금 시저는 알렉산드리아를 포위하려 하고 있소. 난 거기서 그자와 맞서 운명을 걸어 보리다. 우리 육군은 여전히 건재할 뿐 아니라, 이리저리 흩어졌던 우리 해군은 다시 집결해서 바다에서 그 위세를 떨치고 있소. 내 심장이여, 어디에 갔었더냐? 여보, 내 말이 들리오? 만일에 내 또다시 전쟁에서 살아서 돌아와서 당신 입술에 입맞출 땐 적의 피로 피투성이가 될 거요. 반드시 나의 칼은 역사에 이름을 남길 거요. 아직 희망은 있소.

클레오파트라 참으로 용감하십니다!

앤토니 내 근육과 심장과 호흡을 세 배로 강하게 해서 무섭게 싸울 결심이오. 순풍에 돛을 달고 지내던 시절엔 재담을 한 보상으로 목숨을 살려 준 일도 있었지만 지금은 스스로 이를 사려물고 날 방해하는 놈들은 모조리 지옥으로 보내겠소. 자, 다시 멋진 하룻밤을 보냅시다. 비탄에 젖은 부대장들을 전부 불러다 주구려. 한 번 술잔을 기울이면서 심야의 종소리를 비웃어 봅시다.

클레오파트라 오늘이 바로 내 생일이에요. 조촐하게 보낼 생각이었어요. 하지만 당신이 다시 앤토니로 돌아오신 이상, 나도 다시 클레오파트라가 되겠어요.

앤토니 우리 잘해 봅시다.

클레오파트라 부대장들을 전부 장군님 앞으로 불러 드려라.

앤토니 그렇게 하오, 내가 그들에게 할 말이 있어요. 오늘밤엔 그들의 상처에서 술이 솟아나올 만큼 실컷 마시게 하리라. 오, 나의 여왕, 아직 가망은 있지. 이번 싸울 때에는 죽음의 신이 나에게 반할 만큼 멋지게 싸울 테요. 죽음의 신이 가진 역병(疫病)의 큰 낫 이상의 성과를 올릴 것이오. (이노바버스만 남고 모두 퇴장)

이노바버스 저 눈초리에는 번갯불도 오금을 못펼 게다. 자포자기는 너무도 겁이 나서 오히려 공포를 누르게 되는 법. 저런 기분이라면 비둘기도 타조를 쪼을 거다. 역시 장군도 뇌수가 줄어드니까 그만큼 심장이 커지는가 보군. 하지만 용기가 이성을 잡아먹게 되면, 들고 싸우는 칼마저 먹어버리는 법, 결국 용기고 뭐고 없지. 나도 어떻게 해서든 떨어져나갈 길을 찾아야 하겠군. (퇴장)

제 4 막

●

어디 그뿐인가. 나와 단둘이 결투를
하자고 싸움을 걸어 왔다. 이 시저가 앤토니와!
그밖에도 죽는 방법은 수없이 많다고
그 왈패에게 알려 줘야 한다.
—1장 시저의 대사 중에서

제 1 장   알렉산드리아 앞

시저, 어그리퍼, 미시너스, 군대를 이끌고 등장. 시저, 편지를 읽고
있다.

시저   그자는 날 풋내기라 부르고, 이집트에서 날 격퇴할
힘을 갖고 있다고 큰 소리를 탕탕 치고 있다. 그리고 내가
보낸 사자를 매질까지 했다. 어디 그뿐인가, 나와 단둘이 결
투를 하자고 싸움을 걸어 왔다. 이 시저가 앤토니와! 그밖에
도 죽는 방법은 수없이 많다고 그 늙은 왈패에게 알려 줘야
한다. 그 동안 그의 도전 같은 것을 비웃고 있어야지.

미시너스   시저 각하, 신중히 생각하십시오. 그만한 인물
이 미쳐 날뛸 때는 쫓기어 쓰러질 때까지 날뛸 겁니다. 그러
니 숨쉴 틈도 주지 마시고 그자의 혼란한 틈을 이용하십시
오. 노한 자에게는 허점이 많게 마련입니다.

시저   부대장들에게 내일은 최후의 결전을 하게 된다고
알리시오. 우리 군대 안에는 최근까지 마크 앤토니를 섬기던
자들이 많은데 그자들만으로도 앤토니를 생포하기에 충분하
오. 내 명을 분명히 전달한 후, 전군에서 잔치를 베푸시오.
잔치할 물량이 충분하고도 남소. 실컷 싸웠으니 진탕 먹고
마시게 할 만하오. 가엾은 앤토니 같으니! (모두 퇴장)

제 2 장 알렉산드리아. 클레오파트라의 궁전

앤토니, 클레오파트라, 이노바버스, 차미언, 아이러스, 알렉서스, 그 밖의 사람들 등장.

앤토니 도미시어스, 그자는 나와 맞싸우지 않겠다고 하는군.

이노바버스 그럴 겁니다.

앤토니 어째서 그럴까?

이노바버스 자기가 운이 스무 배는 더 좋으니까, 이십 대 일이라고 생각하나 봅니다.

앤토니 자, 내일 나는 바다와 육지 양면에서 싸우련다. 이겨 살아남든가 패하면 죽어가는 명예를 피에 적셔 내 이름을 청사에 남길 것이다. 자네도 힘껏 싸워 주겠지?

이노바버스 싸우고 말고요. "내 목숨까지 다 가져가라." 고 소리치겠습니다.

앤토니 잘 말했다. 자자, 하인들을 모두 불러내게. 오늘 밤은 실컷 먹고 마셔야지.

하인 3, 4명 등장,

자, 악수를 하자, 넌 정말이지 충성을 다해 주었다. 너도 그렇고, 너도, 또 너도, 그리고 또 너도. 너희들은 날 정성껏 섬겨 주었다. 그리고 여러 나라의 국왕들도 모두 너희들의 동료였었겠다.

클레오파트라   (이노바버스에게 방백) 왜 저러시는 거요?

이노바버스   (클레오파트라에게 방백) 저건 슬픔이 마음의 창문을 박차고 나온 일종의 괴벽한 변덕입니다.

앤토니   그리고 너도 역시 충성을 다해 주었다. 내가 너희들 한 사람 한 사람으로 나누어지고 너희들이 한데 뭉쳐 이 앤토니가 되었으면 내가 너희들에게 받은 만큼 보답할 수 있을 터인데 말이다.

일동   별 말씀을 다 하십니다!

앤토니   자, 너희들 오늘밤 내 시중을 들어다오. 내 술잔에 인색하지 않게 철철 넘도록 부어다오. 내 제국이 또한 너희들처럼 내 명령대로 되던 때와 똑같이 말이다.

클레오파트라   (이노바버스에게 방백) 왜 저러시는 걸까?

이노바버스   (클레오파트라에게 방백) 부하들을 울리려는 속셈이신가 봅니다.

앤토니   오늘밤 내 시중을 들어다오. 아마 이것이 너희들의 최후의 충성이 될지 모른다. 다시는 내 얼굴을 보지 못하게 될 것이다. 혹시 내일 다시 만나더라도 처참하게 상처입은 유령을 보게 될 것이다. 내일이 되면 너희들은 다른 상전을 섬기게 될 거고. 아마 이것이 마지막 작별이 될 거다. 아, 충직한 친구들, 난 결코 너희들을 쫓아내고 싶지는 않다. 아니 너희들의 충성과 혼인한 주인처럼 죽을 때까지 같이 있고 싶다. 오늘밤 두 시간만 시중을 들어다오. 더 이상은 부탁하지 않겠다. 어쨌든 신이 보답해 주실 테니까!

이노바버스   장군님, 어쩌자고 이러십니까? 이렇게 울먹

이게 하시니 말입니다. 보십시오. 모두들 울고 있지 않습니까? 저 역시 바보처럼 눈시울이 뜨거워집니다. 바라옵건대 저희들을 여자처럼 만들지 마십시오.

앤토니　핫하하! 내가 그런 뜻이었다면 귀신에 물려가도 좋다! 너희들의 눈물이 떨어지는 곳에 신의 은총이 자라날 것이다! 오, 나의 친구들이여, 너희들은 내가 한 말을 너무 지나치게 슬픈 뜻으로 받아들인단 말이다. 난 너희들을 위로해 주려고 오늘밤은 횃불을 켜놓고 밤새도록 술을 마시자고 한 것뿐이다. 친구들이여, 내일은 조금도 염려 없다. 전사해서 명예를 얻느니보다 살아서 승리의 영광을 얻도록 하겠다. 자, 연회석으로 들어가자. 그리고 쓸데없는 근심은 술 속에다 처넣고 잊어버리자. (모두 퇴장)

제 3 장   알렉산드리아. 궁전 앞의 망대

병사 두 사람 등장.

병사1   이봐, 잘 있었나? 내일이야말로 결전의 날이군.

병사2   밥이 되든 죽이 되든 좌우지간 결판은 날 걸세. 용감히 싸우세. 거리에서 무슨 이상한 소문을 듣지 못했나?

병사1   못 들었는걸. 무슨 소문인데?

병사2   필시 뜬 소문이겠지. 그럼.

병사1   자, 나중에 봐.

다른 병사 두 사람 등장.

병사2   이보게들, 단단히 경비하게.

병사3   자네도 그럼 조심해.

병사들, 망대의 네 구석에 자리잡고 있다.

병사4   난 여기서 지키겠네. 내일 우리 해군이 승전하면 육군이 버틸 것은 틀림없네.

병사3   용감한 육군이지, 사기가 충천하고. (무대 밑에서 이상한 음악소리가 들려온다)

병사4   쉬! 무슨 소리지?

병사1   들어 봐, 들어 봐!

병사2   쉬!

병사1   공중에서 들려오는데.

병사3 땅 밑이야.

병사4 좋은 징조일까?

병사3 설마.

병사1 조용하라니까! 이게 무슨 징조일까?

병사2 이건 필시 앤토니 장군님이 숭앙하던 허큘리즈 신이 장군님한테서 떠나가는 것일 거야.

병사1 저리 가서 저쪽 파수병들에게도 들리나 알아보세.

병사2 여, 자네들!

일동 (동시에) 여, 자네들도! 자네들도!

병사1 응, 이상한 소린데?

병사3 자네들도 들리나? 들려?

병사1 이 망대 끝까지 그 소리를 따라가 보세. 소리가 어떻게 그치는지 알아보자구.

일동 그러지. 참 이상한 일이군. (모두 퇴장)

제 4 장   클레오파트라의 궁전

앤토니, 클레오파트라, 차미언, 그밖의 시종들 등장.

앤토니   이로스! 내 갑옷을 다오, 이로스!
클레오파트라   좀더 주무세요.
앤토니   아니 괜찮소. 이로스, 어서, 내 갑옷을 가져오라니까, 이로스!

이로스, 갑옷을 들고 등장

어서 갑옷을 입혀다오. 만일 오늘 운명의 여신이 우리 편이 못 된다면 그건 우리가 운명을 무시하고 처신하기 때문이다. 어서.

클레오파트라   저도 거들어 드리죠. 이건 어떻게 하죠?
앤토니   아, 놔둬요, 놔둬요! 당신은 내 마음에 갑옷을 입히면 되오. 아냐, 아냐. 이쪽, 이쪽이오.
클레오파트라   그래도 제가 해드릴게요. 이렇게 하는 거지요.
앤토니   그래, 그래, 이번엔 우리가 이길 거다. 자, 어떠냐? 너도 갑옷을 입고 오너라.
이로스   네, 곧 입고 오겠습니다.
클레오파트라   조임쇠는 이렇게 하면 되나요?
앤토니   훌륭해요, 훌륭해. 내가 갑옷을 벗고 쉬려고 하기 전에 조임쇠를 푸는 자가 있다면 벼락을 맞을지어다. 이로스, 너는 솜씨가 무디구나. 여왕이 너보다 훨씬 더 솜씨가 좋다. 서둘러야지. 아, 여보, 오늘 내가 용감하게 싸우는 모습을 당신에게 보여주고 나의 본분을 알도록 하는 건데! 진짜 싸움의 명장을 볼 수가 있을 텐데 말이오.

무장병사 등장.

어서 오게, 잘 왔다. 넌 군인의 직책에 충실한 자로군그래. 자기가 좋아 하는 일은 일찍 일어나서 즐겁게 나가게 마련이다.

병사　아직 이른 아침입니다만 천 명의 병사가 완전 무장을 하고 성문 앞에서 장군님을 기다리고 있습니다. (함성이 들린다. 트럼펫의 화려한 취주)

부대장들이 병사들을 거느리고 등장.

부대장　날씨가 매우 좋습니다. 장군님, 안녕히 주무셨습니까.

일동　장군님, 안녕히 주무셨습니까.

앤토니　쾌청한 날씨군. 아침부터 활기 있는 날씨다. 마치 공명을 떨치기로 결심한 씩씩한 젊은이의 심성 같다. 그렇지, 그래. 그걸 집어 다오. 이리 다오——잘됐다! 여왕, 잘 있어요. 장차 내가 어떻게 되든 이건 한 용사의 키스요. (입을 맞춘다) 이 이상 더 천박한 인사말을 장황하게 늘어놓는다면 비난받고 창피스레 조롱받게 될 거요. 난 용사답게 이제 그만 작별하리다. 싸울 결심을 한 장병들은 내 뒤를 바싹 따라라. 전쟁터로 나가자. 출발이다. (클레오파트라와 차미언

만 남고 모두 퇴장)

차미언　방으로 돌아가시죠.

클레오파트라　그래, 안내하도록 하라. 그분은 용감하게 출정하셨다. 그분과 시저 단둘이서 결판을 냈으면 오죽이나 좋겠느냐! 그러면 앤토니가 —— 하지만 지금은 ——아냐, 어서 가자. (두 사람 퇴장)

제 5 장   알렉산드리아 앞

트럼펫 소리. 앤토니와 이로스 등장. 병사 한 사람이 등장하다가 두 사람과 마주친다.

병사   신들이시여, 바라옵건대 오늘 앤토니 장군님에게 행운의 날이 되게 하소서!

앤토니   아, 너와 네 칼자국이 권한 대로 육지에서 싸웠더라면 좋았을 것을!

병사   그렇게 하셨더라면 반역한 왕들과 오늘 아침 탈주한 그 군인도 여전히 장군님의 뒤를 따르고 있었을 겁니다.

앤토니   오늘 아침에 탈주한 자는?

병사   누구냐고요! 항상 장군님 가까이 있던 자입죠. 이노바버스를 불러 보십시오. 대답이 없을 겁니다. 혹시 시저의 진영에서 "난 당신의 부하가 아니오." 하고 대답할지 모릅니다.

앤토니   뭐라구?

병사   네, 그자는 지금 시저 밑에 가 있습니다.

이로스   소지품과 금품 등은 남겨 두고 갔습니다.

앤토니   그래, 가 버렸단 말이냐?

병사   틀림없습니다.

앤토니   자, 이로스, 그자의 소지품을 보내 주게, 부탁일세. 하나도 남겨 놓지 말고. 그리고 편지도 써보내게 ——내서명할 테니까 ——잘 가서 잘 지내라고 하게. 앞으로는 다시 주인을 가는 일이 없기를 바란다고 하라구. 아, 내 불운이 정직한 사람들마저 부패케 했구나! 빨리 해라. 가여워라, 이 노바버스! (모두 퇴장)

제 6 장 알렉산드리아. 시저의 진영

트럼펫의 화려한 취주. 시저, 어그리퍼, 이노바버스, 그밖의 사람들 황황히 등장.

시저 어그리퍼, 진군이다. 전투를 개시하라. 나의 목적은 앤토니를 생포하는 것이다. 전 장병들에게 그리 알려라.

어그리퍼 분부대로 거행하겠습니다. (퇴장)

시저 천하태평의 시대가 가까워진다. 이 전투에서 승리한다면 천하 구석구석에까지 감람나무 잎이 무성할 것이다.

사자 한 사람 등장.

사자 앤토니가 출진했습니다.

시저 어그리퍼에게 명령을 전하라, 앤토니를 배반하고 온 자들을 선두에 세우도록. 그렇게 하면 앤토니는 자기가 자기 자신에게 격분의 칼을 대는 셈이 될 것이다. (이노바버스만 남고 모두 황급히 퇴장)

이노바버스 알렉서스도 배반을 했다. 앤토니의 특사로 유대에 간 일이 있는데, 거기서 헤롯 대왕을 충동질해서 주인 앤토니를 버리게 하고 시저 편에 들게 했단 말야. 그런데 시저는 그 공로에 대해 놈을 교수형에 처하지 않았는가. 캐니디어스와 그밖에 탈주한 놈들은 자리를 얻기는 했지만 명예로운 신임은 못 받고 있지 않은가. 난 실수를 했다, 가책 때문에 가슴이 아프다. 이제 기쁨이란 내겐 없을 것 같다.

시저의 군사 한 사람 등장.

병사 이노바버스, 앤토니가 자네 소지품 전부를 보내 왔네, 게다가 하사품까지. 내가 파수를 볼 때 사자가 찾아왔네. 자네 군막 앞에서 지금 노새들에서 짐을 풀어내리는 중이야.

이노바버스 자네나 갖게.

병사 농담하지 말아, 이노바버스, 정말일세. 사자를 진중 밖까지 전송해 주는 게 좋을 걸세. 파수 당번만 아니면 내가 해주었으면 좋겠지만. 자네 대장은 역시 조브 신임에 변함이 없군. (퇴장)

이노바버스 나야말로 이 세상에서 가장 나쁜 놈이다. 지금 뼈저리게 느껴진다. 아 앤토니 장군님, 당신은 하해와 같이 너그러우신 분, 내 비열한 행동에도 이렇게 황금의 영광을 주시니 내가 좀더 충성을 다했더라면 어떠한 보수를 주셨을까! 가슴이 찢어질 것만 같구나. 뉘우침이 내 가슴을 빨리 터지게 못 한다면 더 빠른 방법으로 쳐부숴야 되느니. 하지만 역시 뉘우침 때문에 가슴이 터질 것 같구나. 내가 그분과 대적해서 싸우다니! 안 될 말이다, 어디 도랑이라도 찾아가서 빠져 버리자. 내 생애의 최후는 가장 더러운 곳이 가장 적당하지. (퇴장)

제 7 장   두 진영 중간의 전장

경종. 북과 트럼펫 소리. 어그리퍼, 그밖의 사람들 등장.

어그리퍼   후퇴다, 우리가 너무 깊숙이 쳐들어왔다. 시저 각하도 고전중이시다. 이렇게 고전할 줄은 몰랐다. (모두 퇴장)

경종. 앤토니와 부상당한 스캐어러스 등장.

스캐어러스   오, 용맹하신 황제 폐하, 참으로 싸움다운 싸움이었습니다! 처음부터 이렇게 싸웠더라면 적들은 온통 머리에 붕대를 감고 쫓겨갔을 겁니다.

앤토니   자네 출혈이 심하군.

스캐어러스   처음에는 상처가 'T'자 모양이었는데 지금은 'H'자 모양으로 변했습니다.

앤토니   적이 퇴각하는군.

스캐어러스   적들을 똥통 속에다 처박아 주지요. 전 아직도 여섯 군데쯤 더 상처를 입을 자리가 남아 있으니까요.

이로스 등장.

이로스   적들이 패주합니다. 이 기회를 잘 잡으면 승리는 우리의 것이 틀림없습니다.

스캐어러스   적들의 등판을 찔러 토끼잡듯 목덜미를 잡아챕시다. 달아나는 적을 때려잡기란 신명나는 일이오.

앤토니   날 격려해 준 공로에 대해 언제든 상을 내리겠네.
그리고 자네 용기에는 열 배로 상을 내리겠네. 자, 가보세.

스캐어러스   발은 절지만 따라가겠습니다. (모두 퇴장)

제8장 알렉산드리아 부근

경종. 앤토니, 개선한 군대를 이끌고 스캐어러스와 더불어 돌아온다. 북과 트럼펫 소리.

앤토니 우린 그자를 자기 진영으로 패주시켰다. 누가 먼저 앞질러 달려가 여왕께 우리의 전승을 아뢰라. 내일은 이른 새벽에 오늘 도망친 적들의 피를 흘려 줄 테다. 모두들 수고가 컸다. 싸움에 용감들 했다. 의무감에서라기보다는 각자 자기의 대의를 위해 용맹스럽게 싸워 주었다. 모두들 용사 헥터만 같았다. 자, 시내에 들어가거든 아내와 친구들을 부둥켜안고 오늘의 빛나는 전공을 자랑하여라. 그러면 그들의 기쁨에 넘치는 눈물로 그대들의 상처에 엉겨붙은 피를 씻어 줄 것이다. 그리고 입맞춤으로 영예의 상처를 치유해 줄 것이다.

클레오파트라, 시종들을 거느리고 등장.

(스캐어러스에게) 자, 자, 네 손을 이리 다오. 요정의 여왕에게 자네의 공훈을 칭찬해 주겠다. 그래서 축복의 말씀을 듣도록 하겠다. (클레오파트라에게) 아, 세계에 빛을 주는 여왕, 투구를 쓴 내 목을 얼싸안아 주오. 옷을 입은 그 모양대로 검도 물리치는 갑옷을 꿰뚫고 내 심장 속으로 뛰어들어오시오. 숨가쁘게 고동치는 가슴에 올라타시오!

클레오파트라 아, 왕중의 왕! 용감무쌍한 영웅, 이 세상의 크나큰 덫에 걸리지 않고 미소를 지으며 개선하셨나요?

앤토니 아, 나의 꾀꼬리여, 적을 영원한 잠자리 속으로 무찔러 넣었소. 어떻소, 여보! 갈색 머리에 흰 머리칼이 희끗희끗 섞여 있긴 하지만 아직 근육을 기를 만한 뇌수가 있으니까, 젊은이와 맞설 만하오. 이 사람을 보시오. 당신의 은총의 손에 이 사람의 입술을 갖다 대게 허락해 주오. 이 사람은 오늘 마치 신이 인류를 증오하여, 인간의 탈을 쓰고 마구 살육을 하듯이 싸웠소.

클레오파트라 내 그대에게 황금 갑옷을 주리다, 어떤 왕이 가졌던 것이에요.

앤토니 태양신이 타는 수레처럼 홍옥으로 장식한 찬란한 것이라 해도, 그에겐 받을 만한 공이 있소. 자, 악수하자. 알렉산드리아 장안을 유쾌하게 행진하고 그 주인처럼 상처투성이가 된 방패를 손에 쥐고 나아가자. 나의 대궁전에 대군을 수용할 수만 있다면 우리 다같이 천하의 운명을 좌우할 내일의 전투를 위해서 실컷 먹고 마시고 떠들 텐데 말이다. 나팔수들아, 너희들의 드높은 놋쇠 소리로 시중 사람들의 귓전을 때려주고 북소리와 합세하여 천지를 울리게 하고 우리들의 개선을 박수 갈채로 맞이하도록 하라. (모두 시내를 향해 진군)

제 9 장   시저의 진영

파수병 대장과 파수병들 등장. 그 뒤로 이노바버스가 생각에 잠긴
표정으로 등장.

파수병 대장   이 시간 안에 교대해 주지 않으면 보초막사
로 돌아갈 거야. 내일 새벽 두시까지 정렬하라는 걸세.

파수병1   어제는 재수 옴붙은 날이었지.

이노바버스   아, 밤이여, 내 증인이 되어다오 ──

파수병2   저자는 웬일이지?

파수병1   이쪽에 와서 엿들어 보세. (그들이 다가선다)

이노바버스   아, 정결한 달아, 내 증인이 되어다오. 반역자
들은 그 추악한 이름을 남기게 되지만 이 가련한 이노바버
스는 그대 앞에서 후회를 하더라고 증언해 다오!

파수병1   이노바버스다!

파수병2   쉬! 더 들어 봐.

이노바버스   아, 우수의 여신이신 달님이시여, 본심을 반
역한 나의 목숨이 더 이상 붙어 있지 못하도록 독을 먹은 밤
이슬을 나에게 뿌려 주소서. 나의 심장을 바위처럼 단단하고
냉혹한 나의 죄에다 패대기쳐서 비탄으로 피도 말라 버린
심장이 가루가 되게 하여 흉악한 생각을 뿌리째 뽑아 주옵
소서. 아, 반역의 비열함에 비하면 몇 배나 더 고결하신 앤토
니 장군님이시여, 당신만은 날 용서해 주십시오. 세상 사람
들이 내가 주인을 배신하고 도망간 자란 낙인을 찍어 기록

에 남겨도 좋습니다. 아, 앤토니 장군님! 아, 앤토니 장군님!
(죽는다)

파수병1　말을 걸어 봅시다.

파수병 대장　좀더 들어 보자구. 시저에 관한 말이 나올지
도 몰라.

파수병2　그렇게 하십시다. 한데 잠이 든 모양이에요.

파수병 대장　기절한 것 같다. 잠잘 때 기도로는 그 말이
너무 괴상하단 말야.

파수병1　가까이 가봅시다.

파수병2　여보시오, 일어나요, 말 좀 하시오.

파수병1　여보시오, 내 말이 들리지 않소?

파수병 대장　죽음의 신의 손이 벌써 와 닿나 봐. (멀리서
북소리) 자, 들어 보게! 장엄한 북소리가 잠자는 사람들을
깨우고 있어. 이 사람을 보초막사로 업어 가세, 신분이 있는
자야. 교대 시간도 다 됐어.

파수병2　자, 그럼 갑시다. 다시 살아날지도 모르지. (모두
시체를 떠메고 퇴장)

제 10 장   두 진영의 중간

앤토니와 스캐어러스, 군대를 이끌고 등장.

앤토니   적군은 오늘 해전 준비를 하고 있다. 육전을 원하지 않는 모양이다.

스캐어러스   양쪽이 다 싫은가 봅니다.

앤토니   불 속이나 공중에 떠서 싸워도 좋다. 어디서든 싸워 줄 테다. 그건 그렇고, 우리 보병은 시에 인접한 언덕에 진을 치고 날 기다릴 것이다 —— 해군에는 이미 명령을 내렸고, 벌써 항구를 떠났을 것이다 —— 저 언덕에서는 작전을 손에 잡듯 볼 수 있고 또 공격하는 아군을 바라볼 수 있을 것이다. (모두 진군하여 퇴장)

제 11 장   두 진영 중간의 다른 곳

시저와 그의 군사 등장.

시저   적의 공격이 있기 전엔 육지에서 가만히 있을 작정이다. 내 생각엔 그렇게 되고 말 것이 적의 정예부대가 모두 함대로 가버렸기 때문이다. 계곡으로 진군해서 가장 유리한 지형지물에 진을 치는 것이다. (모두, 앤토니와 반대 반향으로 진군하여 퇴장)

제 12 장 　알렉산드리아에 인접한 언덕

앤토니와 스캐어러스 등장.

앤토니　아직 접전이 안 된 모양이군. 저기 소나무 부근에서 바라보면 훤히 보일 것이다. 전황이 어떻게 될지 보고 와서 알리겠다. (퇴장)

스캐어러스　클레오파트라 여왕 배의 돛에다 제비들이 집을 지었다고 점쟁이들은 한결같이 모르겠다, 알 수 없다고 하면서 침울한 얼굴빛을 지으며 아는 것을 감히 입에 담지 않더란 말야. 앤토니 장군님께서는 용감하시다가도 낙담을 하시고. 변하기 쉬운 장군님의 운명이 희망을 주었다가도 공포를 주곤 한단 말야.

앤토니 다시 등장.

앤토니　모든 것이 끝장이다! 그 더러운 이집트 년이 날 배반했어. 내 함대는 모두 적에게 투항하고 거기서 모자들을 높이 던지면서 오랜만에 만난 친구들처럼 함께 축배를 들며 야단들이다. 세 번씩이나 사내를 갈아치운 화냥년! 저 애송이 놈에게 날 팔아먹었겠다. 내 마음은 너에 대한 증오뿐이다. 도망갈 자는 도망가라! 저 마녀에게만 복수하면 된다. 더 소원은 없다. 모두들 도망치라고 해, 없어져라! (스캐어러스 퇴장) 아 태양이여, 난 다시는 떠오르는 널 보지 못할 것이다. 이 앤토니는 운명과 여기서 작별하는 거다. 바로 여기에서 이별의 악수를 하는 것이다! 이 꼴이 되다니! 날 강아지처럼 졸졸 따라다니던 놈들, 소원이라면 내가 다 들어준 그놈들이 달콤한 아첨의 물방울을 활짝 꽃피는 시저에게 떨어뜨리고 있잖은가. 그놈들 머리 위에 높이 치솟았던 이 소나무는 온통 껍질이 벗겨지는구나. 난 배신을 당했다. 아, 이 부정한 이집트 년! 이 지독한 화냥년! 그년의 눈짓 하나로 아군을 전쟁터로 몰아내고 끌어들이고 했잖은가. 그 여자의 가슴은 나의 면류관이요, 나의 목적이었거늘——집시의 본성을 드러내, 술책을 써서 날 속여 죽음의 소용돌이 속으로 처넣었다. 아아, 이로스, 이로스!

클레오파트라 등장.

야, 이 마녀야! 어서 꺼져!

클레오파트라 왜 그렇게 제게 역정을 내세요?

앤토니 꺼져 버렷, 어물쩡거리면 큰일을 벌이고 말 테다. 시저 개선의 장식물인 널 망쳐 줄 것이다. 그자의 볼모가 되어 환성을 올리는 군중들 속에 내던져져라. 온 여성의 치욕의 표본이라고 그자의 개선전차 뒤를 따라다니거라. 천하에 없는 괴물이 되어 가난뱅이들의 구경거리가 되고 참고 참아온 옥테이비어가 길러 놓은 손톱으로 낯짝을 할퀴어져 봐라. (클레오파트라 퇴장) 그렇지, 목숨이 아까우면 그렇게 가버리는 게 잘한 일이지. 한 번 죽으면 두 번 죽지 않으니 말이다. 아아, 이로스! 불행히도 난 피에 얼룩진 네서스의 내의를 입었나 보다. 나의 조상 허큘리즈여, 그대의 분노를 나에게 주시오. 라이카스를 패대기쳐 초승달의 뿔에 걸리게 해야겠소이다. 이 세상에서 가장 무거운 몽둥이를 쥔 그 손으로 고귀한 혈통을 이어받은 나의 목숨을 작살내 주십시오⋯⋯ 그 마녀 같은 년을 내 죽이리라. 로마의 애송이 놈에게 날 팔아먹었겠다. 난 함정에 빠진 거다. 그 죄 때문에 그녀는 죽는 거다. 여봐라, 이로스! (격분하여 퇴장)

제 13 장 알렉산드리아. 클레오파트라의 궁전

클레오파트라, 차미언, 아이러스, 마디언 등장.

클레오파트라 살려다오, 얘들아! 아, 미쳐 날뛰는 모양은 방패가 탐이 나 싸우다 미쳐 버린 텔라몬보다도 더하구나. 테살리의 산돼지도 그렇게까지 미쳐 날뛰지는 않았어.

차미언 종묘 안으로 피신하십시오! 안으로 문을 잠가 버리고 승하하셨다고 장군님께 전갈을 보내십시오. 영혼이 육체를 떠날 때보다도, 귀한 분이 권력을 잃어버릴 때가 더 괴롭다고 합니다.

클레오파트라 그럼 종묘로 가자! 마디언, 넌 가서 내가 자결했다고 여쭈어라. 내 마지막 말이 '앤토니'였다고 부디 슬프게 말해 다오. 속히 가거라. 그분이 내 죽음의 전갈을 듣고 어떤 표정을 지으시는지 잘 보고 오너라. 자, 종묘로 가자! (모두 퇴장)

제 14 장   알렉산드리아. 클레오파트라의
궁전의 다른 방

앤토니와 이로스 등장.

앤토니   이로스, 내가 멀쩡하게 나로 보이느냐?

이로스   네, 그렇습니다.

앤토니   어느 때는 구름이 용처럼 보일 때가 있다. 또 같은 덩어리가 곰이나 사자로 보이기도 하고, 하늘을 찌를 듯한 성채, 떨어질 듯한 바위, 쇠스랑 모양의 산, 또는 수목으로 덮인 푸른 갑 같은 것으로도 보이며, 그것이 지상을 함께 너울거리며 사람의 눈을 속인단 말야. 너도 본 일이 있지? 그런 것들은 모두 저녁 노을이 만들어내는 광경이야.

이로스   네.

앤토니   방금 말로 보이던 것이 조각구름이 갑자기 지워져서 물에 물탄 듯이 사라져 버린단 말야.

이로스   지당한 말씀이십니다.

앤토니   이로스, 지금 네 장군의 모양이 바로 그렇다. 여기 있는 난 앤토니이다. 그러나 그런데도 이 모습을, 이대로 버티어 나갈 수가 없단 말이다, 이로스. 내가 전쟁을 한 것은 이집트 여왕을 위해서였다 ——그녀의 마음을 나는 내 마음이라고 생각했고, 그녀도 내 것을 자기의 것으로 여겨 왔단 말이다. 내 마음이 오직 내 것이었던 시절에는 수백만 사람들의 마음을 사로잡았는데, 이젠 완전히 잃었구나 ——이로스, 여왕이 시저와 공모하여 카드패를 장난쳐 나의 영예를 앗아 적의 승리로 이끌어 갔단 말이다. 아냐, 이로스, 울지 마라. 스스로를 처리할 길이 아직 남아 있어.

마디언 등장.

아, 네 비열한 여주인 말이다! 내 칼을 훔쳐 간 거다.

마디언 아니올습니다, 장군님. 전하께서는 장군님을 사랑하셨고, 마지막까지 장군님과 운명을 함께 하셨습니다.

앤토니 물러가라, 무례한 내시. 입 닥쳐라! 여왕은 날 배반했다. 죽어야 하느니라.

마디언 사람은 오직 한 번 죽는 것이옵니다. 그런데 여왕 전하께서는 이미 죽음을 치르셨습니다. 그러니까 장군님 소원대로 끝난 셈입니다. 마지막에 하신 말씀은 "앤토니 장군님! 훌륭하신 앤토니 장군님!"이었습니다. 찢는 듯한 신음소리 때문에 앤토니란 이름이 끊겼는데 바로 마음과 입술 사이에서 끊긴 것입니다. 장군님의 이름을 가슴에 묻은 채 운명하셨습니다.

앤토니 그럼 죽었단 말이냐?

마디언 승하하셨습니다.

앤토니 이로스, 갑옷을 벗겨라. 긴 하루의 일은 끝났다. 이젠 잠을 자야겠다. (마디언에게) 무사히 돌려 보내 주겠으니 수고에 대한 값진 보수라고 생각해라. 가라. (마디언 퇴장) 벗겨라, 어서 벗겨라! 에이잭스의 일곱 겹 방패도 나의 이 뛰는 가슴을 억누르지는 못할 것이다. 아아, 내 옆구리야, 찢어져라! 심장아, 늑골보다 더 강해져서 그 약한 가슴팍을 부수려무나! 빨리 해, 이로스, 빨리! (갑옷을 벗기는 일이 끝난다) 이젠 군인이 아니다. 만신창이가 된 갑옷아, 작별이다. 훌륭하게 날 보살펴 주었다. 잠시 동안 물러가 있거라. (이로스 퇴장) 뒤따라가리다, 나의 님이여. 눈물로 용서를 빌 것이오. 꼭 그럴 것이오. 어물쩍 더 산다는 건 참을 수 없는 곤욕이다. 횃불이 꺼졌으니 자리에 눕고 다시는 방황하지 않으리라. 이젠 아무리 허덕여도 막 가는 수고다. 그렇다, 허덕이면 허덕일수록 허방에 빠져 꼼짝도 못 하게 될 뿐이다. 차라리 내 생애에 종언(終焉)의 인(印)을 찍으면 만사는 끝장이 나는 것이지. 이로스! ──내 지금 가리다, 나의 여왕. 이로스! ──날 기다려 주오. 영혼들이 꽃밭에 누워 있는 극락에 가서 손에 손을 맞잡고 흥겹게 놀아대면 유령들도 경탄하게 될 것이다. 다이도와 그녀의 애인 이니아스 주변에 겉돌던 유령들을 전부 우리의 곁으로 끌고 오게 될 것이오. 아, 이로스, 이로스!

이로스 다시 등장.

이로스 부르셨습니까?

앤토니 클레오파트라가 세상을 떴는데도 내가 치욕 속에 구질구질하게 목숨을 연명하고 있다니 신들도 필경 나의 비열함을 증오할 것이다. 지난날엔 칼을 가지고 천하를 마음대로 재단(裁斷)하고 광활한 바다에 함대로 도시를 만들었던 내가 아녀자의 용기도 없단 말인가 ──스스로 목숨을 끊어 저 시저에게 "날 정복한 사람은 나 자신뿐이다."라고 호언한 그녀에 비하면 난 그녀의 발싸개만도 못하지 않은가. 이로스, 긴박한 경우에는, 그렇다, 지금이야말로 긴박한 경우이다. 무서운 치욕과 공포가 들이닥쳐 어쩔 수 없을 때 넌 내 명령으로 날 죽여 주겠다는 맹세를 했겠다. 자, 그때가 왔으니 그렇게 해다오. 날 찌르는 것이 아니라, 시저를 때려 부수는 것이다. 어서 용기를 내야지.

　　이로스　감히 제가 어떻게! 우리의 적, 창던지기 명수인 파디아 놈들도 장군님을 맞히지 못하고 빗나가고 만 분인데요.

　　앤토니　이로스, 넌 로마 거리의 창가에서 느긋하게 이렇게 두 팔을 끼고 굴복하여 고개를 깊숙이 떨어뜨리고 뼈에 사무치는 치욕으로 얼굴도 들지 못하는 꼴을, 행운아인 시저의 개선 전차 뒤를 수치를 이겨 바르고 질질 끌려가는 꼴을 보겠단 말이냐?

　　이로스　결코 그렇지 않습니다.

　　앤토니　자, 그렇다면 해다오. 상처를 입지 않고서는 난 구제될 수 없는 몸이다. 자, 충직한 네 칼을 빼라, 조국을 위해서 크게 이바지한 그 칼을.

　　이로스　아, 장군님, 용서해 주십시오!

　　앤토니　내가 널 노예에서 해방시켜 주었을 때 내 명령은 무슨 일이 있더라도 어김없이 거행하겠다고 맹세하지 않았더냐? 당장에 하라. 안 한다면 오늘까지의 너의 충성은 겉 다르고 속 다른 충성일 거다. 자, 어서 칼을 빼고 찔러라.

　　이로스　그럼 전 세계의 존경을 받고 있는 그 고귀한 얼굴을 돌려 주십시오.

　　앤토니　(얼굴을 돌린다) 봐라, 됐느냐!

이로스 칼을 뺐습니다.

앤토니 그럼 칼을 뺀 목적을 냉큼 실행하라.

이로스 우리 주인님, 우리 장군님, 우리 황제 폐하, 이렇게 처절한 칼부림을 하기 전에 작별인사나 드리게 해주십시오.

앤토니 암 그렇지 ── 그럼 잘 있거라.

이로스 안녕히 가소서, 장군님. 자, 찌를까요?

안토니 그래라, 이로스.

이로스 자아, 하겠습니다요. 장군님이 세상을 떠나시는 애통함을 저는 이렇게 모면하겠습니다. (자결한다)

앤토니 너야말로 나보다 몇 배 훌륭한 남자로구나! 아, 넌 내가 해야 할 일과 네가 날 대신해서 할 수 없는 일을 내게 가르쳐 주었다. 여왕과 이로스는 훌륭한 교훈을 남겨 나보다 뛰어난 이름을 기록에 아로새겼다. 그렇다, 나도 신랑이 신방으로 달려가듯 빨리 죽음으로 뛰어들자. 그럼 자, 이로스, 너의 주인은 너의 제자가 되어 죽는다, 이렇게 말이다. (그의 칼끝에 쓰러진다) 난 네게 배웠다. 어때! 이래도 안 죽느냐? 안 죽느냐? 아, 호위병! 어서 날 처치하라!

더시터스와 호위병 등장.

호위병1 저 무슨 소린가?

앤토니 여봐라, 내가 일을 서투르게 저질렀다. 자, 뒤끝을 맺어 다오.

호위병2 별이 떨어졌구나.

호위병1 말세가 온 것이다.

일동 아, 비통하다!

앤토니　누구든지 좋다, 날 사랑하거든 날 죽여다오.

호위병1　난 못 해.

호위병2　나도 못 하겠어.

호위병3　못 하구 말구. (호위병들 달아난다)

더시터스　자결로 운수가 기울었으니 모두들 달아날 수밖에 없지. 이 소식과 함께 시저에게 이 칼을 보이면 나도 후대받게 되겠지.

더시터스 퇴장하려고 돌아서자 다이오미디즈 등장.

다이오미디즈　앤토니 장군은 어디 계신가?

더시터스　(앤토니의 칼을 외투 밑에 감추며) 저기 계시네, 저기.

다이오미디즈　아, 살아 계신가? 왜 말이 없지? (더시터스, 살그머니 달아난다)

앤토니　다이오미디즈, 거기 있군. 자네 칼을 빼서 내가 죽게끔 푹 찔러 주게.

다이오미디즈　장군님, 클레오파트라 전하의 어명을 받고 왔습니다.

앤토니　언제 자넬 보낸 거지?

다이오미디즈　방금이옵니다.

앤토니　전하께서는 어디 계시느냐?

다이오미디즈　종묘 안에 옥체를 숨기고 계십니다. 전하께서는 혹시라도 이런 일이 생기지나 않을까 몹시 염려하셨습니다. 사실 전하께서 ——터무니없는 얘기입니다만 —— 시저와 내통했다는 의심을 받자 장군님의 분노가 쉽사리 풀어질 것 같지 않아 두려운 나머지 장군님께 자결하셨다는 전갈을 보내신 겁니다. 그러나 혹시 좋지 못한 결과가 생길지 몰라 마음을 졸이신 끝에 사실을 알려 드리기 위해 소인을 보내신 겁니다. 하온데 너무 늦게 왔나 봅니다.

앤토니 그렇다, 너무 늦었다. 호위병을 불러다오.

다이오미디즈 어이, 황제의 호위병! 호위병, 어이, 이봐! 황제께서 부르신다!

앤토니의 호위병 4, 5명 등장.

앤토니 날 클레오파트라 전하가 계신 곳으로 옮겨다오. 나의 마지막 명령이다.

호위병1 아, 애통하다, 애통하도다, 충성스런 부하들을 두고 먼저 세상을 떠나시다니.

일동 아, 절통한 일이다!

앤토니 여봐라, 그렇게 슬퍼하면 짓궂은 운명은 활개짓을 치며 우쭐댈 것이다. 운명이 우리를 곯리러 오면 반겨 맞아라. 그리고 대수롭지 않게 여겨 준다면 그것이 바로 운명에게 앙갚음하는 것이 되느니라. 날 떠메어라. 지난날엔 내가 너희들을 인솔했지만 이번엔 너희들이 날 이끌어 다오. 너희들의 공로에 감사하겠노라. (모두 방패 위에 앤토니를 떠메고 퇴장)

제 15 장   알렉산드리아. 클레오파트라의 종묘.

종묘는 석조 건물이며 평지붕이다. 외벽 중앙의 통로는 엄중하게 빗장이 걸려 있다. 클레오파트라, 차미언, 아이러스, 시녀들, 옥내에서 옥상으로 통하는 계단으로 올라 모습을 나타낸다.

클레오파트라   아 차미언, 난 여기서 꼼짝 않겠다.

차미언   전하, 너무 심려하지 마세요.

클레오파트라   아니다, 한 걸음도 나가지 않겠다. 괴상한 일, 무서운 일, 모두 얼마든지 닥쳐 오라고 해라. 내 어찌 편안을 바라겠느냐. 원인이 대단히 크나니 그만큼 슬픔도 크게 마련인 법이니라.

다이오미디즈 아래에서 올라온다.

어찌 되었느냐! 장군님은 돌아가셨더냐?

다이오미디즈   위독하십니다만 아직 운명은 하지 않으셨습니다. 종묘 저편을 보십시오. (손가락으로 가리킨다) 호위병들이 짊어지고 오고 있습니다.

호위병에 운반되어 앤토니 등장.

클레오파트라   아, 태양이여, 네가 타고 도는 그 거대한 천체를 태워 버려다오! 밤이 되고 낮이 되는 세계의 구석구석까지 암흑으로 묻히게 해다오. 아아, 앤토니, 앤토니, 앤토니!

차미언, 도와다오. 아이러스, 너도 도와다오. 저 아래에 있는 사람들도 날 도와다오. 모두들 장군님을 이리로 끌어 모셔 올려라.

앤토니　호들갑 떨지 말라! 이 앤토니는 시저의 용맹에 패배한 것이 아니다. 앤토니의 용맹이 자신을 이긴 것이다.

클레오파트라　그건 그렇지, 앤토니 이외에 앤토니를 정복할 사람은 아무도 없어요. 그러나 아, 애달픈 일이다!

앤토니　이집트의 여왕이여, 난 곧 죽을 거요, 곧 죽소. 날 덮친 죽음의 신에게 잠시 동안만 죽음을 늦추어 달라고 청하고 싶소. 우린 무수히 키스를 해왔지만 지금 당신의 입술에 마지막 슬픈 키스를 남기고 싶기 때문이오.

클레오파트라　냉큼 내려갈 수가 없군요. 용서하세요, 갈수가 없어요. 그리로 가면 붙잡힐는지도 몰라요. 저 억세게 운이 좋은 시저가 개선하는 데 그 장식물이 되어 줄 순 없어요. 칼에 날이 섰고, 독약에 효력이 있고, 독사에게 독문은 이빨이 있는 이상 난 염려 없어요. 부드러운 눈길로 은근히 말없는 책망을 하는 당신의 부인, 옥테이비어가 날 뚫어지게 본다 해도 오금 저려 할 내가 아니에요. 자, 자, 앤토니 장군 ──애들아, 날 도와다오 ──당신을 끌어 올려야겠어요. 모두들 거들어라. (줄을 늘어뜨려서 앤토니가 타고 있는 방패에 맨다)

앤토니　어서 빨리, 그렇잖으면 난 곧 죽는다. (위에서 끌어올리기 시작한다)

클레오파트라　어머나, 별일이 다 있네! 왜 이렇게 무거울까, 당신도! 우린 슬픔으로 힘이 다 빠져 버려선지 더 무거워진 것 같군요. 나에게 주노의 신통력이 있다면 저 날개 튼 튼한 머큐리를 시켜 당신을 끌어올려다가 조브 신 옆에 모시겠지만. 조금 더 가까이 오세요——이렇게 소망만 하는 자는 정말 바보야——자, 오세요, 오세요. 좀더. (시녀들이 앤토니를 클레오파트라 곁으로 끌어올린다) 잘 오셨어요, 참 잘 오셨습니다! 당신의 삶의 보금자리인 내 품안에서 운명하세요. 아니, 키스로 소생하세요. 내 입술에 그런 힘이 있다면 입술이 닳아 없어져도 좋아요. (두 사람 키스한다)

일동 아, 가엾어라.

앤토니 이집트 여왕, 난 죽소, 곧 죽어요. 술을 좀 주구려. 할 말이 있소.

클레오파트라 아뇨, 내가 할 말이 있어요. 저 부정한 화냥년 같은 운명의 여신에게 실컷 욕을 퍼붓고 싶어요. 내 욕에 부화가 끓어 제 손으로 제 수레바퀴를 부수게끔 말예요.

앤토니 여왕이여, 한마디만 하겠소. 시저에게 청해서 당신의 안전과 명예를 보호해요, 아!

클레오파트라 두 가지는 양립할 수 없는 것이에요.

앤토니 나의 님, 내 말 좀 듣구려. 시저 측근에서 프로큘리어스 외에는 절대로 믿지 마시오.

클레오파트라 내가 믿는 것은 내 결심과 내 손뿐이에요. 시저의 측근이고 무어고 다 소용 없어요.

앤토니 내 최후의 비참한 모습을 한탄한다든가 비탄지 마오. 오히려 내 과거의 행운을 회상하며 기뻐해 주오……난 천하에서 가장 위대한 군주, 가장 고결한 영웅으로 숭앙받아왔소……죽어도 비열하게 죽지 않아요. 내 동포에게 비겁하게 투구를 벗지는 않아요……로마 사람이 로마 사람과 용감히 싸워서 지고 만 거요. 내 혼이 나가는 모양이오, 이젠 기진했소.

클레오파트라 이 세상에서 가장 숭고하신 분, 가시는 거예요? 진정 날 버리고 가시렵니까? 아, 당신이 안 계시면 돼지우리와 다를 바 없는 이 허잡(虛雜)한 세상에서 나 혼자 살란 말씀예요? 여봐라, 시녀들아……(앤토니 죽는다) 천하의 면류관이 녹아 버렸구나. 여보! 아, 전쟁의 꽃다발이 시들어 버렸다. 용사의 깃대는 쓰러지고 말았어. 이젠 어른 아이들의 구별도 없게 됐다. 우열의 차이도 없어졌으니. 저 달빛 아래, 경탄할 만한 것은 하나도 없구나.

차미언 아, 고정하십시오, 전하! (클레오파트라 기절한다)

아이러스 여왕 전하께서도 승하하셨네.

차미언 여왕 전하!

아이러스 여왕 전하!

차미언 아, 전하, 전하, 전하!

아이러스 이집트의 여왕 전하! (클레오파트라 소생한다)

차미언 쉬잇! 조용히, 아이러스!

클레오파트라 이젠 여왕도 아니고, 소젖이나 짜고, 막일하는 농군의 딸이나 진배 없는 감정을 가진 여자이다. 이 홀을 심보 사나운 신들 앞에 패대기쳐 버리고, 내 보석을 도둑맞기 전엔 우리의 세상도 신의 세계보다 못하지 않다고 호통을 쳐주고 싶구나. 이젠 만사가 허무하다. 인내는 우매하며 성미는 미친 개의 수작이야. 그렇다면 죽음이 덮치기 전에 이쪽에서 먼저 죽음의 비밀을 탐색한다 해서 그게 죄가 된단 말인가? 애들아, 왜들 그러느냐? 자아, 자! 기운을 내라! 왜 이러느냐, 어찌 된 일이냐, 차미언! 시녀들아! 아아, 애들아, 애들아, 보아라, 우리들의 등불은 다 타고 꺼져버렸다! 자아, 모두들 용기들을 내라. 우선 매장을 하고, 그 다음에 훌륭하고 숭고한 일을 로마의 고상한 양식에 따라 처신하여 죽음의 신이 우리들을 데려가도록 해야지. 자, 저리로. 위대한 영혼을 담은 그릇이 벌써 식어 버렸구나. 아아, 애들아, 애들아! 우리에게 이젠 결심과 빠른 최후 밖에는 참다운 벗이 없다. (모두 앤토니의 시체를 떠메고 퇴장)

제 5 막

●

하지만 그런 분이 실지로 있다
하더라도 또 과거에 있었다 하더라도
도저히 꿈에서는 상상할 수 없는 큰 인물이오.
불가사의한 힘을 창조해 내는 힘은 자연이라도 공상을
따를 수는 없는 법. 그래도 앤토니 같은
분은 공상에 도전한 자연의 걸작이며
꿈의 그림자를 압도하고 남는 분이에요.
─2장 클레오파트라의 대사 중에서

제 1 장   알렉산드리아. 시저의 진영

시저, 어그리퍼, 돌러벨러, 미시너스, 갤러스, 프로큘리어스, 그밖의 군사회의 위원들 등장.

시저   돌러벨러, 그자에게 가서 항복하도록 권하시오. 철저하게 패배하였으면서 주저한다는 건 조롱거리밖에 안 된다고 전하시오.

돌러벨러   분부대로 거행하겠습니다. (퇴장)

더시터스, 앤토니의 장검을 들고 등장.

시저   무슨 일이냐? 그대는 도대체 누구기에 감히 칼을 들고 내 앞에 나타났느냐?

더시터스   저는 마크 앤토니 장군님을 섬기던 더시터스라고 합니다. 그분이야말로 충성을 다 바쳐 받들 만한 훌륭한 분이셨습니다. 그래서 그 생존시에는 상전으로 모셨고, 이 목숨을 바쳐 그의 적들과 싸워 왔습니다. 만약 각하께서 이 사람을 받아 주신다면 앤토니 장군을 받든 것처럼 충성을 다하겠습니다. 만일 원하지 않으신다면 이 목숨은 각하께 기꺼이 바치겠습니다.

시저   도대체 무슨 소리를 하는 건가?

더시터스   오 시저 각하, 앤토니 장군님께서는 운명하셨습니다.

시저   위대한 자가 쓰러질 때에는 굉장한 진동 소리가 울려 왔어야 한다. 이 둥근 세계는 그 소리에 놀라 사자떼들이 평화로운 거리로 몰려오고 시민들을 오히려 사자굴 속으로 뛰어들게 하는 사태가 벌어졌을 것이다. 앤토니의 죽음은 한 개인의 운명에 그치는 것이 아니다. 그의 이름에는 세계의 절반이 걸려 있느니라.

더시터스 시저 각하, 앤토니 장군님은 돌아가셨습니다. 처형된 것도 아닙니다, 암살된 것도 아닙니다. 모든 공적을 올리고 명예를 역사에 새겨 놓은 바로 그 손이, 심장이 주는 용기를 갖고 자기의 심장을 찌른 것입니다. 이게 바로 그의 상처에서 뽑아 온 그의 칼입니다. 그의 고결한 피가 묻은 이 칼을 보십시오.

시저 여러분들도 슬픈 모양이군. 이 비보를 들으면 틀림없이 여러 왕들도 눈시울이 뜨거워질 거요.

어그리퍼 한데 이상한 일이로군요. 우리가 오랫동안 갈망해 온 숙원이 이루어졌는데 왜 애통해하는 건지 모르겠군요.

미시너스 그분은 부도덕과 도덕을 반반씩 가지고 있는 사나이죠.

어그리퍼 그분은 보기 드문 인류의 지도자였죠. 그런데 신들은 우리를 사람으로 그치게 하기 위해 꼭 결점을 주게 마련이오. 시저 각하도 가슴이 뭉클해진 모양이오.

미시너스 무지하게 큰 거울이 앞에 놓이면 자기 자신을 보지 않을 수 없지 않은가.

시저 아, 앤토니 장군! 당신을 궁지에까지 몰고 온 건 바로 나요. 하나 사람이란 병을 고치기 위해 자기 몸을 도려내는 경우도 있는 법. 나의 말로를 당신에게 보여 주든가, 아니면 당신의 말로를 내가 바라보든가 둘 중에 하나는 필연적인 운명이 아니겠소. 천하는 광대하지만 당신과 나 둘이서 통치할 수는 없는 일이오. 그러나 난 심장의 피만큼이나 귀중한 눈물을 흘리며 비탄에 젖어 있소. 당신이야말로 나의 형제였고, 모든 최고 정책의 좋은 경쟁자였고, 제국을 통치하는 데 동료요, 전장에 있어서는 전우요, 동지요, 나의 한쪽 팔, 내 마음에 불을 질러 주던 그대의 심장이었소이다. 그러나 우리들 운명의 별은 조화가 안 돼니 서로 양립할 수 없었고 결국 이런 비운을 맛보게 되었구려. 여보게들 잘들 들어보게.

  이집트인 한 사람 등장.

좀더 기회를 보아 얘기하리다. 저 사람은 필시 무슨 용무가 있나 본데, 어디 들어 보자. 어디서 왔느냐?

  이집트인 가엾은 이집트인에 불과합니다. 소인의 주인이신 여왕 전하께서는 유일한 재산인 종묘 안에 파묻혀 계시면서 각하의 직령을 기다리고 계십니다. 어떠한 분부에도 따르실 각오이십니다.

  시저 안심하시라고 가서 여왕께 전하라. 곧 사신을 보내 여왕의 명예를 존중하여 각별히 우대하겠다는 사연을 알려 드릴 생각이다. 시저는 결코 포악비정한 사람이 아니다.

  이집트인 각하께 신의 가호가 계시기를! (이집트인 예를 올리고 퇴장)

  시저 이리 오구려, 프로큘리어스. 여왕께 가서 전하시오, 절대로 치욕을 주지는 않는다고 말이오. 여왕의 깊은 슬픔을 가서 주기 위해서는 무엇이든 다 베풀어 주도록 하시오. 자만심이 강한 여자이니 만큼 어떤 치명적인 일을 저질러 우리의 계획을 틀어지게 할 우려가 있으니 말이오. 여왕을 로마로 생포해 가기만 하면 우리의 개선 행렬은 영원히 빛날 것이오. 어서 가시오, 화급히 가서 여왕의 대답과 상황을 즉시 알아 오시오.

프로큘리어스 분부대로 거행하겠나이다. (프로큘리어스 퇴장)

시저 갤러스, 자네도 따라가게. (갤러스 퇴장)
돌러벨러는 어디 있나, 프로큘리어스의 부사(副使)로 보내려는데.

일동 돌러벨러!

시저 내버려 두라. 이제야 생각이 나는군. 그 사람에겐 다른 일을 맡겼노라. 곧 끝내고 오겠지. 내 군막으로 갑시다. 그곳에서 내 설명해 주리다. 이번 전쟁에 내가 마지못해서 휘말려든 자초지종을 얘기하리다. 또 내가 얼마나 온건하고 친절하게 편지를 통해 담판을 해왔나를 설명할 거요. 나하고 같이 가서 그 증거도 봅시다. (모두 퇴장)

제 2 장   알렉산드리아. 종묘

클레오파트라, 차미언, 아이러스, 마디언의 모습이 문살 사이로 보인다.

클레오파트라   나의 영락(零落)은 더 좋은 생활로 이끌어 주는 시작이다. 시저가 된들 뭐 그리 대단하랴. 그자는 운명의 여신이 아니다, 운명의 종복에 지나지 않아. 운명의 신 손끝에 노는 괴뢰인걸. 그러나 모든 일을 한 번에 종말이 나게 하는 것은 위대한 행위라. 그 한 번의 일이 모든 사건에다가 족쇄를 채워 주고, 모든 변화에다가 빗장을 잠가 줄 수 있다. 그후는 영원히 잠자는 것, 그럼 거지나 시저나 다 같이 찾아 먹는 이 땅의 추한 음식을 다시는 맛보지 않아도 된다.

프로큘리어스 등장. 그가 문살 사이로 클레오파트라와 이야기할 때 갤러스 및 병사들이 안에서는 보이지 않도록 사다리를 타고 지붕으로 올라가, 거기에서 종묘 안으로 내려간다.

프로큘리어스   시저 각하께서 이집트의 여왕 전하께 드리는 문안이옵니다. 깊이 사려하시어 정당한 요구를 말씀해 주시면 얼마든지 받아들이겠다고 하십니다.

클레오파트라   이름이 무엇이오?

프로큘리어스   프로큘리어스라고 합니다.

클레오파트라   앤토니 장군으로부터 당신에 대한 애기를 들었소. 당신만은 신뢰할 수 있는 인물이라고 하셨소. 그러나 지금의 내 처지로서는 사람을 믿을 필요가 없기 때문에 속아 넘어가든 않든 간에 별 관심이 없는 몸. 당신의 주인이 일국의 여왕에게 구걸을 하라고 하신다면 가서 이렇게 전하시오. 여왕은 체통을 세우기 위해서라도 왕국 하나 이하의 것은 구걸하지 않는다고 말이오. 정복한 이집트를 내 아들을 위해 나에게 주신다면 그것은 본래 나의 것이지만 나는 감사하며 그분 앞에 무릎을 꿇겠노라고.

프로큘리어스 심려 마십시오. 여왕 전하께선 명군의 손에 드셨으니 조금도 두려워하실 것이 없습니다. 각하께 사양 마시고 소청을 말씀하십시오. 그분은 매우 인자하고 관대하셔서 넘쳐 흐르는 은혜를 필요로 하는 모든 사람들에게 베푸시는 분입니다. 쾌히 보호를 받으시겠다는 여왕 전하의 뜻을 곧 아뢰겠습니다. 시저 각하께서는 정복자이십니다만 무릎을 꿇고 은혜를 비는 사람에겐 남의 도움까지 받아서라도 온정을 베푸시는 분이라는 걸 아시게 될 겁니다.

클레오파트라 돌아가서 이렇게 전하시오, 난 운이 좋은 그분이 손에 쥔 대권에 복종하겠노라고. 그리고 한시 바삐 복종하는 방법을 익혀 기꺼이 배알하겠다고 말이오.

프로큘리어스 그리 아뢰겠습니다, 전하. 너무 심려치 마소서. 전하의 이와 같은 처지를 만든 그분께선 전하를 동정하고 계십니다.

갑자기 문이 활짝 열리며 화려하게 장식한 내부가 보인다. 갤러스와 병사들이 클레오파트라와 시녀들 뒤에 나타난다.

갤러스 어때, 이렇게 쉽게 생포할 수 있잖은가. 시저 각

하께서 오실 때까지 감시해라. (퇴장)

아이러스 여왕 전하!

차미언 아, 클레오파트라 전하! 포로가 되셨어요, 전하!

클레오파트라 아, 어서, 자 내 손아. (단검을 뺀다)

프로큘리어스 고정하십시오, 전하, 고정하십시오. (여왕의 손을 잡고 단검을 뺏는다) 이런 끔찍한 일을 저지르시면 아니 됩니다. 배신하는 것이 아니라 도와드리는 것입니다.

클레오파트라 에잇, 죽지도 못한단 말이오? 개도 죽어서 괴로움을 잊지 않는가?

프로큘리어스 전하, 공연히 자결하시어 시저 각하의 온정을 욕보이게 하셔선 아니 됩니다. 그분의 높은 덕을 온 세상에 알리도록 하십시오. 전하께서 자결하시면 모든 것이 허사가 되고 맙니다.

클레오파트라 죽음의 신이여, 너는 어디에 있느냐? 나에게로 오너라, 어서. 자, 어서 오너라. 많은 어린 아이와 거지들을 잡아 먹느니보다는 이 여왕 하나가 얼마나 값진가!

프로큘리어스 아, 고정하십시오, 전하!

클레오파트라 난 이제부터는 먹지도 않겠다, 마시지도 않겠다. 쓸데없는 말을 한 마디 더 한다면 ——잠도 영영 자지 않겠다. 언젠가는 한 번 죽을 이 육체를 내 손으로 허물어 뜨리겠다. 시저가 무슨 수를 쓰든 말이다. 잘 들으시오, 난 결코 결박을 당하여 시저 궁전에 끌려가서 부복되지는 않을 터. 또 그 투미한 옥테이비어의 눈총을 받지도 않을 것이오. 저들은 날 떠메고 가서 입도 걸게 아우성치는 저 로마의 천민들 앞에 구경거리로 삼을 생각이겠지만 나에겐 이집트의 시궁창이 평화스런 나의 무덤이 될 것이다! 이왕이면 나일 강 진흙 속에 벌거숭이로 묻혀 구더기가 들끓어 보기에도 끔찍하게 썩어 문드러지게 하겠다! 차라리 우리 나라의 드높은 저 피라미드를 교수대로 삼아 이 몸을 쇠사슬로 매달아 죽어 버리겠다!

프로큘리어스 그런 끔찍한 생각들은 시저 각하를 만나 보시고 나면 공연한 기우였다는 걸 아시게 될 것입니다.

돌러벨러 등장.

돌러벨러 프로큘리어스, 당신이 하신 일을 시저 각하께서 들으시고 날 보내셨소. 내가 여왕을 호위하리다.

프로큘리어스 돌러벨러, 고맙소. 여왕을 정중히 모시구려. (클레오파트라에게) 저를 사자로 보내신다면 무엇이든 시저 각하께 아뢰겠습니다.

클레오파트라 죽고 싶어 한다고 전하시오. (프로큘리어스 퇴장)

돌러벨러 여왕 전하, 소신에 대한 소문을 들으셨겠지요?

클레오파트라 글쎄올시다.

돌러벨러 확실히 알고 계실 겁니다.

클레오파트라 알든 모르든 내겐 강 건너 송아지격이오. 아녀자들이 꿈 얘기를 하면 당신네들은 언제나 비웃거든. 그게 당신네들의 버릇 아니오?

돌러벨러 무슨 말씀이신지요, 전하?

클레오파트라 난 앤토니 황제의 꿈을 꾸었단 말이오. 아, 다시 한 번 잠들어 그런 분을 만나 보게 되었으면!

돌러벨러 황공하오나 ——

클레오파트라 그분의 얼굴은 하늘 같았소. 그 하늘에는 태양과 달이 담겨 있어 궤도를 돌면서 이 작은 지구를 비추고 있었지.

돌러벨러 지존이신 여왕 전하 ——

클레오파트라 그분은 두 다리로 대양(大洋)을 딛고 서 있으시고 높이 쳐든 팔은 세계의 정상에 걸친 장식이라고나 할까. 그분의 목소리는 천상의 음악처럼 아름다웠소, 좋은 사람을 대하실 때는 말이오. 그러나 대지를 진동시키려 드시면 뇌성 벽력과 같았소. 인정이 많으신 심성은 겨울이 없고, 추수할수록 점점 더 익어가는 풍요한 가을 같았소. 즐거울 때는 수면 위로 등을 내밀고 뛰노는 돌고래 같았고. 왕과 제후들이 그분의 녹을 먹는 하인들이요, 영토와 섬나라쯤은 그분의 주머니에서 떨어지는 은화처럼 수두룩했소.

돌러벨러 전하 ——

클레오파트라 그대는 내가 꿈에 본 그런 분이 실지로 있었다고 생각하오, 또는 있을 수도 있다고 생각하오?

돌러벨러 그렇게 생각하지는 않습니다.

클레오파트라 거짓말 마시오, 신들에게까지 들리겠소. 하지만 그런 분이 실지로 있다 하더라도 또 과거에 있었다 하더라도 도저히 꿈에서도 상상할 수 없는 큰 인물이오. 불가사의한 힘을 창조해내는 힘은 자연이라도 공상을 따를 수는 없는 법, 그래도 앤토니 같은 분은 공상에 도전한 자연의 걸작이며 꿈의 그림자를 압도하고 남는 분이에요.

돌러벨러 황공하오나 소신의 말씀을 들어 주십시오, 전

하. 전하의 상심은 신분이 위대하신 만큼 크실 겁니다. 또한 슬픔의 무게 또한 무거울 것입니다. 전하의 비탄이 소신의 가슴에 와 닿아 가슴이 갈기갈기 찢기는 듯합니다만 이게 거짓이라면 소신이 바라는 행운 같은 건 놓쳐 버려도 좋습니다.

클레오파트라 고마운 말이오. 그런데 그대는 시저가 날 어떻게 하려는지 알고 있어요?

돌러벨러 알려 드리고는 싶습니다만 차마 입이 떨어지지 않습니다.

클레오파트라 어서 말해 보오 ——

돌러벨러 시저 각하는 명예를 소중히 여기시는 분입니다 만 ——

클레오파트라 그럼, 날 개선 행렬에 끌고 갈 생각이란 말이오?

돌러벨러 전하, 소신이 아는 바로선 그렇습니다. (안에서 트럼펫의 화려한 취주) 길을 비켜라! 시저 각하의 행차이십니다.

시저, 갤러스, 프로큘리어스, 미시너스 등장.

시저 이집트의 여왕은?

돌러벨러 시저 각하이십니다, 전하. (클레오파트라, 무릎을 꿇는다)

시저 일어나십시오. 무릎을 꿇지 않으셔도 좋습니다. 어서 어서 일어나십시오, 이집트의 여왕이시여.

클레오파트라 아닙니다, 이렇게 하는 것이 신들의 뜻이옵니다. 나의 주인으로 섬기는 군주께 당연히 복종을 해야겠지요.

시저　과히 나쁘게 생각지는 마십시오. 여왕께서 우리에게 끼친 상처는 우리 몸에 사무쳐 있지만 단지 우연이 빚어낸 것으로 치부하고 있습니다.

클레오파트라　천하에 단 한 분뿐인 군주님, 이 사람은 저의 처지를 명분 있게 충분히 설명할 줄은 모릅니다만 솔직히 말씀드려서 자고로 우리 여성을 욕되게 한 약점을 저는 모두 갖고 있으니 큰 과오를 범하고 말았습니다.

시저　클레오파트라 여왕, 나는 여왕의 죄를 추궁하려는 것이 아닙니다, 경감하려고 합니다. 만일 여왕께서 나의 의도에 순응하신다면 여왕께는 가장 관대한 것이 될 것입니다마는 여왕은 전화위복의 운을 갖게 될 것입니다. 그러나 만일에 앤토니가 택한 길을 취하시어 나에게 잔학한 자라는 누명을 씌우신다면 나의 호의를 잃을 뿐 아니라, 의지하면 얼마든지 보호를 받을 수 있는 자제들까지도 멸망케 됩니다. 그럼 이만 실례합니다.

클레오파트라　그리고 온 세계 어디를 가셔도 자유이실 겁니다. 온 세계가 각하의 손아귀에 있지 않습니까. 우리는 각하의 방패, 정복의 표시이니 어디에고 장식하십시오. 이걸 보십시오. (서면을 내민다)

시저　여왕에 관한 일이라면 무엇이든지 서슴지 마시고 제시하십시오.

클레오파트라　이건 저의 소유물인 화폐와 금은 그릇 그리고 보석 목록입니다. 정확한 가격도 매겨져 있고 대단치 않은 물건들은 기록하지 않았습니다. 실류커스는 어디 있소?

실류커스 등장.

실류커스 여기 있습니다.

클레오파트라 이 사람이 저의 재무관입니다. 허위를 말하면 엄벌에 처하기로 하고 물어 보십시오. 숨겨 둔 것은 하나도 없으니까요. 실류커스, 사실대로 말해요.

실류커스 소신은 거짓말을 하여 엄벌을 받느니보다 차라리 입을 봉해 버리겠습니다.

클레오파트라 에잇, 내가 뭘 감추기라도 했다고?

실류커스 전하께서 발표하신 물건들을 다시 사들일 만큼요. 아니, 얼굴을 붉히시지 마십시오, 현명한 처사이십니다.

클레오파트라 아, 시저 각하! 아, 보십시오, 권력에 비양거리는 것을! 저의 신하가 지금은 각하를 따르려고 하는군요. 만일에 처지가 바뀌면 각하의 신하가 저의 신하가 되겠지요. 배은망덕한 실류커스, 너 때문에 나는 미칠 것만 같다. 아, 쓸개 없는 자야, (위협하면서) 돈에 팔린 매춘부보다도 믿지 못할 자로다. 예끼, 물러가느냐? 그래 물러가는 것이 당연하다. 하지만 네 두 눈에 날개가 돋쳐 난다 해도 내 놓치지 않으리라. 송놈의 자식, 염불 빠진 놈, 개새끼! 비열한 타짜꾼! (때린다)

시저 여왕, 자 이제 고정하시죠.

클레오파트라 오, 시저 각하, 이 무슨 지독한 치욕입니까. 천하의 군주이신 각하께서 황송하옵게도 초라한 저를 방문하시어 경의를 표하는 이 마당에 하필이면 저의 신하가 저의 가지가지 치욕에다 한술 더 떠서 자기의 악의까지 더 보태 주다니! 글쎄, 시저 각하, 설사 제가 여자들의 소용인 사소한 물건이나 보잘것없는 노리개, 그리고 친구에게 보내는 선물 따위를 감추어 두었기로서니 또 각하의 부인이신 리비아와 누이동생 옥테이비어에게 중재를 청하려고 고상한 물건을 따로 두었다 해서 제가 길러내다시피 한 자에게 폭로당해야만 합니까? 아, 제가 지금 겪고 있는 비운의 아픔보다도 더 마음을 아프게 하는군요. (실류커스에게) 내 눈앞에서 썩 물러가라, 물러가지 않으면 내 운명의 여신(餘燼)을 통해 내 영혼의 불길이 다시 타오르는 것을 보여 줄 테다. 네 놈도 사나이라면 이 여왕을 가엾게 생각할 게 아니냐.

시저 실류커스, 물러가라. (실류커스 퇴장)

클레오파트라 지존의 몸은 아랫것들이 한 일로 오해를 받기가 일쑤고, 몰락한 때에는 다른 사람의 죄를 뒤집어쓰게 되니 얼마나 딱한 일입니까.

시저 여왕께서 간수해 둔 물건이나 공개하신 물건이나 이 사람은 전리품 목록에 넣지 않습니다. 종전대로 수중에 두시고 임의로 사용하십시오. 시저는 상인이 아닙니다. 장사치들이 매매한 물건들을 가지고 여왕과 흥정하지는 않습니다. 그러니 안심하십시오. 다만 그런 생각으로 마음의 감옥을 짓지 마십시오. 여왕의 소원대로 환대하고자 합니다. 식사나 수면이나 의향껏 취하십시오. 이 사람은 오로지 여왕의 친구로서 동정과 배려를 소홀히 하지 않겠습니다. 그럼, 안녕히 계십시오.

클레오파트라 저의 주군이신 각하! (무릎을 꿇는다)

시저   (일으키면서) 아닙니다, 친구로 족합니다. 자, 그럼. (트럼펫의 화려한 취주. 시저와 그의 일행 퇴장)

클레오파트라   말뿐이야, 날 감언이설로 속이려는 거야. 필시 내 마지막 고결한 행동을 취하지 못하게 방해하려는 거다. 이봐, 차미언. (차미언에게 소곤댄다)

아이러스   각오를 단단히 하십시오, 전하. 밝은 날은 이미 저물었습니다. 이젠 어둠 속으로 갈 수밖에 없습니다.

클레오파트라   다시 한 번 서둘러 가봐라. 내 이미 분부해 놓았으니까 준비가 되었을 게다. 재촉해서 곧 가져 오도록 하라.

차미언   전하, 분부대로 하오리다.

돌러벨러 등장.

돌러벨러   여왕 전하께서는 어디 계시오?

차미언   (나가면서) 저기요.

클레오파트라   돌러벨러?

돌러벨러   전하의 어명으로 맹세한지라, 소신은 그 순종을 신성한 의무로 생각하므로 아뢰나이다. 시저 각하께서는 시칠리아를 거쳐 개선할 심사이십니다. 그리고 사흘 이내에 전하와 자녀들을 먼저 떠나 보내실 예정이옵니다. 이 점 통찰하시어 선처하십시오. 이제 소인은 전하의 뜻대로 약속을 이행하였습니다.

클레오파트라   돌러벨러, 그대의 호의를 잊지 않겠소.

돌러벨러   한시도 충절을 저버리지 않겠습니다. 그럼 물러가겠습니다. 시저 각하께 가봐야죠.

클레오파트라 잘 가오, 고맙소. (돌러벨러 퇴장) 아이러스, 어떻게 생각하느냐? 너는 이집트의 꼭두각시라고 해서 로마에서 나와 함께 구경거리가 될 것이다. 기름때가 묻은 앞치마를 두르고 나무나 망치를 손에 든 천한 직공놈들이 우리들을 높이 들어 떠메고 구경을 시킬 것이다. 그자들의 퀴퀴한 입김과 천한 음식을 먹은 고약한 냄새 속에 둘러싸일 테니 그 입김을 마시게 될 것이다.

아이러스 터무니없는 일이에요, 싫습니다요!

클레오파트라 틀림없이 그렇게 될 것이다! 아니꼬운 사령들이 우리들을 무슨 매춘부인 것처럼 체포할 것이고, 거렁뱅이 시인들은 우리들을 장단도 맞지 않는 노래로 지어 부를 것이다. 약삭빠른 희극배우들은 즉석에서 우리들을 즉흥극으로 꾸며 알렉산드리아의 술잔치 장면쯤 펼쳐 앤토니 장군님을 필시 술주정뱅이로 등장시킬 것이다. 삑삑거리는 애송이놈이 클레오파트라를 화냥년 모양으로 분장해서 내 위엄을 욕되게 할 것이다.

아이러스 설마 그럴라구요!

클레오파트라 아냐, 틀림없어.

아리러스 전 죽어도 그런 꼴은 못 봅니다요! 그렇게 되느니 차라리 제 눈알보다 굳은 이 손톱으로 눈을 찔러 안 보고 마는 거죠.

클레오파트라 하긴 그것도 하나의 방법이 될 것이다. 놈들의 계책을 우롱해 주고, 놈들의 어리석은 속셈을 부숴 버리게 될 것이다.

차미언 등장.

오, 차미언! 얘들아, 날 여왕답게 치장을 해다오. 가서 제일 좋은 정복을 가져 오너라. 마크 앤토니 장군님을 만나러 다시 시드너스 강으로 가련다. 아이러스, 어서 빨리. 아, 차미언, 속히 해치워야겠다. 이 일만 끝내면 최후의 심판날까지 한가로이 쉴 수 있는 휴가를 네게 주마. 왕관과 모든 것을 다 가져 오너라. (아이러스 퇴장. 떠들썩한 소리가 들린다) 저 소리는 무슨 소린고?

파수병 등장.

파수병 웬 촌것이 와서 굳이 전하를 배알하겠다고 야단입니다. 무화과를 가지고 왔답니다.

클레오파트라 이리로 들여 보내라. (파수병 퇴장) 보잘것 없는 것으로 훌륭한 일을 할 수 있구나! 그자가 나에게 자유를 가져온 거다. 결심은 굳어 있다. 이제 여자의 근성도 없다. 내 머리에서 발끝까지 다 대리석처럼 탄탄하다. 변하기 쉬운 달의 영향 같은 건 받지 않는다. (황금의자에 앉는다)

파수병, 광주리를 든 촌뜨기 광대와 같이 등장.

파수병 이 사람이옵니다.

클레오파트라 그 사람은 거기 두고 물러가거라! (파수병 퇴장) 사람을 물어 죽여도 고통을 주지 않는 나일 강의 예쁜 뱀을 가지고 왔느냐?

광대 예, 갖고 왔습죠. 그런데 소인은 그놈을 건드리지 마십사 부탁드리고 싶습니다요. 한 번 물리기만 하면 끝장이니 말입니다. 그놈에게 물려 죽으면 다시는 살아나지 못합니다요.

클레오파트라 물려 죽은 사람을 본 일이 있느냐?

광대 굉장히 많습죠. 남자랑, 여자두요. 바로 어제도 한 사람 봤습니다요 ──매우 정숙한 여인네인데, 거짓말 좀 한다던가요. 여자란 정숙한 체하고는 곧장 거짓말을 하거든요 ──아무튼 그 여자가 그놈한테 어떻게 물려서 죽었고, 얼마나 아프던가를 얘기하더군요. 참말이지 뱀에 대해 말을 잘 하더군요. 그러나 여인네들의 말을 다 믿다가는 거기에 거짓이 있으니 절대로 구원받지 못합죠. 한데 절대로 틀림없는 건 이 뱀은 참 희한한 놈이란 겁니다요.

클레오파트라 그만 물러가거라, 수고했다!

광대 뱀 재미를 많이 보시와요. (바구니를 의자 옆에 내려 놓는다)

클레오파트라 잘 가거라.

광대 조심하시와요, 저어, 뱀이란 놈은 타고난 버릇대로 하거든요.

클레오파트라 알았다, 알았어. 잘 가거라.

광대 조심하시라구요. 그 뱀은 똑똑한 사람이 아닌 딴사람에게 맡겨서는 안 되니까요. 참, 뱀이란 놈에겐 좋은 게 없습니다요.

클레오파트라 염려 마라, 조심할 테니.

광대 좋습니다요. 아무것도 주지 마시와요, 기를 만한 물건이 못 되니까요.

클레오파트라 날 잡아먹을까?

광대 저를 숙맥으로 생각하지 마십시오. 악마도 여자를 잡아먹진 않는다는 걸 소인은 알고 있죠. 하긴 여자는 하느님이 차지하는 거죠. 악마가 찍어 놓은 게 아니라면요. 여자 일로는 망할 놈의 악마가 하느님을 굉장히 애를 먹인답니다요. 여자 열 사람을 하느님이 만들면 다섯 사람은 악마가 망쳐 놓는다나요.

클레오파트라 좋다, 물러가거라. 잘 가라.

광대 예, 뱀 많이 즐기시와요. (퇴장)

아이러스, 의상과 왕관 등을 가지고 다시 등장.

클레오파트라 그 옷을 날 주고, 왕관을 씌워 다오. 영원불멸한 것이 여간 그립지 않다. 이제 이집트 포도주도 이 입술을 다시는 적셔 주지 않을 것이다. 속히, 속히, 아이러스. 자, 어서. 내 귀에는 앤토니 장군님이 부르시는 소리가 들린다. 나의 훌륭한 처사를 칭찬하려고 몸을 일으키시는 모습이 눈에 삼삼하구나. 시저의 행운을 조롱하시는 소리도 들린다. 신들이 행운을 사람에게 주는 것은 나중에 분노할 구실을 삼는 거야. 나의 남편이여, 이제 나는 당신께로 갑니다. 나의 용기여, 그분의 아내답게 부끄럽지 않게 해다오. 난 이젠 불과 공기뿐이다. 흙과 물은 천한 이승에 남겨 두겠다. 자, 다 되었느냐? 그럼 이리 와서 아직 따뜻한 내 마지막 입술에 입을 맞춰라. 잘 있거라, 상냥한 차미언. 아이러스, 영원히 작별이다. (그녀들에게 입을 맞춘다. 아이러스 쓰러져 죽는다) 내 입술에 독사의 독이라도 묻었단 말이냐? 쓰러지다니? 너의 목숨이 그렇게 조용히 떠난다면 죽음의 신에게 맞아 죽는 것은 애인에게 꼬집히는 것이나 다름없구나. 아프긴 해도 즐거운 법. 아직도 쓰러져 있느냐? 이렇게 고통도 없이 내 영혼이 사라진다면 이 세상이란 작별 인사를 할 가치도 없다는 걸 가르쳐 주는 것 같구나.

차미언　먹구름아, 녹아 풀어져 비를 퍼부어라. 신들도 통곡을 한다고 말하고 싶다!

클레오파트라　난 비열한 여자가 되고 말았다. 아이러스가 먼저 가서 곱슬머리 앤토니 장군님을 만난다면 그분은 그애에게 나에 관한 일을 묻고서, 내가 천국같이 느끼는 그 키스를 그애에게 해주실 테지? 자, 죽음의 사자야 (독사를 가슴에 갖다 댄다) 날카로운 네 이빨로 참참한 생명의 매듭을 단번에 끊어다오. 아, 무서운 독사야. 성을 내서 빨리 결판을 내다오. 아, 네가 말을 할 수 있다면 너도 필경 감쪽같이 속은 위대한 시저를 얼뜨기라고 소리칠 텐데!

차미언　아, 동방의 샛별님이!

클레오파트라　쉬, 조용히! 아기가 내 품안에서 젖을 빨며 고요히 유모를 잠들게 하는 것이 보이지 않느냐?

차미언　아, 터져라! 내 가슴아 터져라!

클레오파트라　향유처럼 상쾌하고 공기처럼 가뿐하고 그리고 정겹고――아, 앤토니!――너도 이리 와! (다른 한 마리의 독사를 팔에 갖다 댄다) 내가 무엇 때문에 주저하고 남으랴――(죽는다)

차미언　이 더러운 세상에 말씀이죠? 그럼 안녕히 가세요! 아, 죽음의 신이여, 뻐기어라. 천하의 절세미인이 네 손아귀에 들어갔노라. (눈을 감기면서) 보드라운 창문을 닫아야지. 황금빛 태양을 이렇게 고귀한 눈을 가진 자가 바라보는 일이 다시는 없으리라! 왕관이 비뚤어졌어요, 제가 바로잡아 드리죠. 그러고나서 편하게 노십시다 ―― 저의 일도 끝나는 거죠.

파수병들 떠들썩하게 등장.

파수병1 여왕은 어디 계시오?

차미언 조용히, 잠을 깨시면 안 돼요.

파수병1 시저 각하로부터 ――

차미언 사자가 너무 늦게 왔어요. (독사를 몸에 댄다) 자 빨리, 빨리 처치해 다오. 아, 느낌이 온다.

파수병1 여, 이리들 와요! 만사 다 글렀네. 시저 각하가 속으셨다.

파수병2 시저 각하가 보낸 돌러벨러가 있을 것이다. 그분을 불러.

파수병1 이게 도대체 무슨 일이지! 차미언, 이게 잘한 짓일까?

차미언 잘한 일이고 말고요, 오랜 왕통의 피를 이어받은 여왕으로서 지당한 일이오. 아, 병사! (죽는다)

돌러벨러 다시 등장.

돌러벨러 어떻게 되었소?

파수병2 모두 죽었습니다.

돌러벨러 시저 각하, 각하의 예측이 들어맞았습니다. 막으려고 그렇게 애를 쓰셨는데, 이 처절한 종말을 몸소 보시게 됐군요.

외치는 소리 길을 비켜라! 시저의 행차시다!

시저와 그 일행들이 행진하며 등장.

돌러벨러 아, 각하, 각하께서는 영묘한 예언자이십니다. 염려하시던 일이 그대로 들어맞았습니다.

시저 참으로 훌륭한 최후로다. 내 의향을 짐작했고, 여왕답게 자기의 갈 길을 갔구나. 어떻게 죽었지? 피를 흘리지 않았으니.

돌러벨러 마지막에 뵌 사람은 누구냐?

파수병1 무화과를 가지고 온 비천한 시골뜨기였습니다. 이게 그 바구니입죠.

시저 그렇다면 독이로구나.

파수병1 아, 시저 각하, 이 차미언은 방금 전까지도 살아 있었습니다. 서서 말도 하고요. 돌아가신 여왕의 왕관을 바로 고치고 있었습니다. 그러다가 서서 온몸을 바들바들 떨다가 그만 갑자기 쓰러졌습죠.

시저 아, 장한 죽음이다! 만일 그녀들이 독을 마셨다면 몸이 부어오를 텐데, 여왕은 그저 잠자는 것같이 보이는구나. 마치 절세의 아름다움의 덫으로 또 하나의 앤토니를 사로잡기라도 한 듯이 말이다.

돌러벨러 여기 여왕 가슴에 피가 나온 흔적이 있습니다. 약간 부었습니다. 팔에도 있구요.

파수병 그건 독사가 문 자국입죠. 이 무화과 잎사귀에는 끈끈한 점액이 묻어 있습니다. 나일 강 동굴 속에도 독사가 이와 같은 자국을 내고 있습니다.

시저   필시 그렇게 해서 죽었을 것이다. 여왕 전의의 말로는 여왕은 쉽게 죽는 방법을 수없이 찾았다고 한다. 여왕이 누운 침상을 들어올려라. 그리고 시녀들의 시체를 종묘 밖으로 내가거라. 여왕을 앤토니 곁에 매장해 주리다. 이 세상의 어떤 무덤도 이렇게 고명한 한 쌍을 품고 있지는 않을 것이다. 이러한 비참한 사건은 그 사건을 일으킨 자에게 큰 감동을 주는 법. 그리고 그들의 이야기는 비극을 빚어낸 승리자의 영광이기도 하겠으나 온 세상의 영원한 동정을 불러일으킬 것이다. 우리 군대는 엄숙한 대오를 갖추어 이 장례에 참례한 후 로마로 개선한다. 돌러벨러, 그대는 이 대장례의 식전이 정중하고 훌륭하게 진행되도록 잘 보살피도록 하오. (시저 일행 퇴장. 병사들 시체를 가져간다)

작품해설

참으로 이상한 일이다.

흔히 셰익스피어의 4대 비극을 읽고 나면 왠지 모르게 공포와 연민의 정이 우리의 마음을 사로잡는데, 『앤토니와 클레오파트라』는 그렇지 않다. 이 작품을 차분히 읽고 나면 비감한 느낌에만 그치지 않고 따뜻한 위안과 아름다움을 혈맥(血脈)으로 느끼게 된다. 그것은 무엇 때문일까? 그것은 아마도 『앤토니와 클레오파트라』를 진정한 문제작으로 만들고 있는 이질적 사랑의 비극성 때문인 듯싶다.

이미 알려져 있다시피 『앤토니와 클레오파트라』의 주제는 삼두정치 때, 집정관의 한 사람이며 로마의 백전용장으로 명성을 떨친 마크 앤토니와 무르익은 관능미와 창부적 요염의 화신인 이집트의 여왕 클레오파트라와의 비극적 사랑이다.

그런데 셰익스피어가 극명하게 다룬 비극적인 사랑의 주제는 비단 『앤토니와 클레오파트라』에서만 볼 수 있는 것은 아니다. 이 작품보다 약 10년 전에 쓴 동궤(同軌)의 맥락을 가진 초기의 비극 『로미오와 줄리엣』에서도 나타나 있다. 이 두 작품은 사랑을 주제로 한 비극임에는 틀림이 없으나 비극성에 있어서 두 작품은 판이하게 다르다.

그러면 먼저 『로미오와 줄리엣』의 경우를 살펴보자. 심산유곡의 백합꽃처럼 청순하고 싱그러운 청춘남녀의 사랑은 운명의 지배를 받다가 끝내 입술을 포개며 죽음의 장관(壯觀)에 장식되어 사랑의 신의 제단에 아름답고 영원한 희생이 된다. 로미오와 줄리엣은 사랑으로 죽음을 승화시킨 사랑의 개가(凱歌)를 올린다. 그러나 죽음 저편의 인생의 의미를 뚜렷이 의식하지 못한다.

그런데 『앤토니와 클레오파트라』의 사랑의 세계는 『로미오와 줄리엣』의 경우와 판이하게 이질적이다. 앤토니와 클레오파트라는 이른바 성인들이 사랑을 한다. 로마의 운명을 두 어깨에 짊어진 중년의 정치가이자 용장인 앤토니와 난숙(爛熟)한 여주인공 클레오파트라와의 사랑의 밑바닥에는 애욕의 불길이 거세게 타고 있다.

세속적인 의미에서 앤토니는 사랑의 고배를 마신다. 그러나 그가 로미오와 줄리엣과 엄연히 다른 점은 내세 즉 영생의 세계에 있어서 클레오파트라와 재회하고 죽음을 넘어서 행복한 영생을 누릴 수 있다는 확신이다. 그래서 왕국보다 사랑을 택해 의연히 죽음을 맞는 강렬한 삶의 길을 택한다.

클레오파트라 역시 그렇다. 앤토니가 자결하자 여왕으로서의 화려한 성장을 갖춘 후 동반자살을 감행하여 앤토니와 더불어 영원한 세계로 승화한다. 그들의 죽음은 현세적인 면에서는 사랑의 패배인지는 몰라도 사랑의 순교자이자 죽음 너머의 행복을 확신한 점은 사랑의 승리자라 말할 수 있을 것이다. 이 점이 바로 감동의 물결이고 만인이 공감하는 일체감의 세계다. 셰익스피어의 주제적 의도도 거기에 있으리라. 그들은 사랑의 영원한 세계를 지향한 숭고한 영혼이 아니겠는가.

그렇다고 이 작품을 단순히 연애극으로만 치부해서는 안 된다. 그것은 이 작품의 일면만을 보는 것이다. 이 작품은 연애극인 동시에 대규모의 정치극이라는 이면성을 지니고 있는 것이다. 왜냐하면 앤토니와 클레오파트라에 대한 사랑과 로마의 정치적 도덕적 입장 그리고 충성에 관한 내적 갈등이 큰 비중을 차지하고 있기 때문이다.

『앤토니와 클레오파트라』가 출판조합의 등록부에 기록된 날짜가 1608년 5월로 되어 있는 것을 보면 그 이전에 집필되었을 것이다. 1606~1607년경에 씌어졌으리라는 추정이 유력하다. 그렇다면『줄리어스 시저』가 발표된 지 7, 8년 후에 해당된다. 좀더 상세히 지적한다면 셰익스피어는 이 기간 중 4대 비극『햄릿』『오셀로』『리어 왕』『맥베스』등의 작품을 차례로 완성한 바로 직후이고 4대 비극과 만년의 로맨스극과를 연결시킨 과도기의 작품으로 인정되는『코리올레이너스』를 쓰기 전임이 분명하다.

앤토니와 클레오파트라의 뜨겁게 얽힌 이야기는 그 당시 영국에서 많은 사람들의 입에 오르내렸다고 한다. 이 이야기를 다룬 작품은 셰익스피어 이전에도 여러 편이 있었으나 그 중에서 적지 않은 영향을 받은 작품은 사뮈엘 다니엘의 『클레오파트라의 비극』이다.

1594년에 초판을 보게 된 이 작품은 이른바 아리스토텔레스의 3·1치의 법칙을 지킨 고전주의적 극작법으로 꾸며졌으며 앤토니가 자결한 후 사랑과 명예 때문에 심각하게 고민하는 클레오파트라의 독백으로 극이 시작된다. 각 막마다

코러스가 등장하고 연인들은 애욕 때문에 파멸됐다고 하며 도덕적인 체취가 짙게 깔려 있다. 셰익스피어에게 많은 암시를 안겨 준 것은 삶과 명예와 사랑의 갈등으로 번민하는 클레오파트라의 심적 묘사가 아닌가 싶다.

그러나 가장 직접적으로 영향을 끼친 것은 토마스 노드가 영역한 『플루타크 영웅전』 중의 「마커스 앤토니어스전」이라고 한다. 셰익스피어는 이 전기에서 이야기 줄거리와 사소한 역사적인 사실까지도 충실하게 얻어왔으며 비극관이나 역사관에 적지 않은 영향을 입었다고 알려져 있다.

『플루타크 영웅전』은 역사적인 사실만을 담은 역사서가 아니라 인물들의 삶의 방법을 윤리적인 시각에서 파악하고 피력했다는 것이다. 셰익스피어의 관심을 끈 것도 바로 이 점이다. 셰익스피어는 『앤토니와 클레오파트라』에서 역사를 배경으로 하고 있으나 피가 통하는 생동감 있는 인간상을 표출한 것이 노드의 소재를 토양으로 삼아 독자적인 작품을 빚어냈다고 볼 수 있을 것 같다.

앤토니와 클레오파트라에 관한 이야기를 다룬 극작가도 적지 않다. 그러나 그들은 한결같이 실패하고 말았는데 그중의 한 사람이 존 드라이든이다. 그는 셰익스피어의 『앤토니와 클레오파트라』의 등장인물을 3분의 1로, 때를 최후의 하루로 응축시켜 고전주의의 비극을 완성시킨 『모두 사랑 때문에』(1677)에서 그들의 뜨거운 사랑을 다루었지만 그의 작가의식의 핵심은 사랑 때문에 명예를 희생한다는 좁은 테두리 안에서만 맴돌았다. 그는 개인적인 자료의 충실한 나열에 그쳤고 그것을 차원 높은 시적 세계로 끌어올리지 못했다. 더더욱 큰 흠은 화려한 사랑의 비전의 전개와 산 인간의 숨결 그리고 극적 내면성을 찾아볼 수 없다는 점이다.

　셰익스피어의 『앤토니와 클레오파트』라는 일찍부터 많은 비평가들의 관심을 끌어 왔다. 사뮈엘 존슨이 "이 작품은 우리들의 호기심을 끊임없이 자극할 뿐만 아니라 또한 우리들의 정념까지도 끈질기게 돋운다"라며 칭찬했는가 하면 19세기 낭만주의 시대에는 셰익스피어의 문체를 천인적(天人的) 필력으로 숭앙까지 했다.

　콜리지는 이 극의 시체(詩體)를 "행복한 대담함"을 가졌다 하여 "가장 경이로운 작품"이라고 지적했다. 그렇다고 해서 이 작품이 셰익스피어 작품 중에서 가장 감동적이요 심오한 작품이며 짜임새가 있다는 것을 뜻하는 것은 아니다. 막 반 도렌 또한 이 극의 문체의 위력을 말해 "지고(至高)의 필력"이라는 절찬을 보냈다.

　존 도버 윌슨은 위대한 장군 앤토니의 관대함과 미인여왕 클레오파트라의 생명력을 우러러보며 이 희곡은 "셰익스피어의 인생찬가요, 5막으로 구성된 교향곡"이라고 이 극의 장중함을 높이 평가했다. 하여튼 셰익스피어는 『앤토니와 클레오파트라』의 도덕을 초월한 육체적, 격정적인 연애 이야기를 쓴 것이다.

　『앤토니와 클레오파트라』의 상연사를 조감해 볼 것 같으면 18세기와 19세기에는 신기원을 이룩하는 명무대가 없었던 것 같다. 이 작품을 무대화하는 데 두 가지 큰 어려움이

따랐다. 42장면의 전환과 셰익스피어가 묘사한 만화경(萬華鏡)처럼 천변만화(千變萬化)하는 클레오파트라의 절묘한 연기를 해내는 여배우의 문제였다. 비너스를 능가하는 세기적인 절세미인인 클레오파트라상을 창출해 내기는 그리 쉬운 일이 아니다.

극평가 레이놀즈가 "비극의 여신"이라는 최고의 찬사를 바친 맥베스 부인역을 멋지게 해낸 사라 시돈스는 가장 클레오파트라적이라 할 수 있었는데 이 역만은 그녀가 고사했다. 미국의 배우 크쉬먼과 영국의 배우 엘렌 테리도 클레오파트라의 연기를 평생 사양했다. 20세기 최고의 미국여배우 줄리어 말로는 셰익스피어의 여주인공역을 열다섯 가지나 맡아 했건만 단 한 역에만 실패를 했는데, 그것은 다름 아닌 클레오파트라 역이었다.

제인 카울 또한 13세 때 줄리엣 역으로 인기를 독점한 바 있으나 클레오파트라 연기에서는 실패했다. 시인 스윈번은 셰익스피어가 창조한 여인상 중에서 클레오파트라야말로 "완벽한 영원의 여성"이라고 했으니 어찌 클레오파트라의 연기가 쉬울 리 있겠는가.

드라이든의 『모두 사랑 때문에』가 셰익스피어의 『앤토니와 클레오파트라』를 대신해서 18세기의 무대를 지배했었다. 이 희곡은 셰익스피어 극의 각색이라기보다는 드라이든의 창작에 가까운 것으로 정치의 측면은 버리고 사랑의 찬가만을 취급한 것이다.

셰익스피어의 원작이 충실히 무대화되는 것은 1849년 펠프스 주연의 공연이 있기까지 기다려야 했다. 화려한 장치

및 그린의 클레오파트라 역이 인기를 끌었다. 1898년 스트라드포드에서 벤슨 연출·주연의 무대에서는 웅장한 장치, 특별의상, 소도구 등 막대하게 돈을 들인 화려한 공연이 있었다. 이러한 스펙터클한 풍조는 20세기 초 비아봄 트리 주연·연출의 무대(1906)까지 연달아 지배적이었다. 『더 타임즈』가 신랄하게 비판한 바가 있긴 하지만 그 외의 극평은 그림 같은 효과와 아름다운 의상에 찬사가 줄을 이었고 트리의 앤토니 연기에도 찬사가 잇따랐다.

『앤토니와 클레오파트라』의 상연사에서 신기원을 이룩한 것은 로버트 애트킨스가 연출한 1922년 12월 4일 올드빅의 무대였다. 그는 사실적 무대를 지양하고 나형무대에 가까운 간략한 장치를 만들어 상징적이며 스피드감에 넘치는 무대를 만들어 성공하였다. 앤토니 역에는 윌프레드 월터가, 클레오파트라 역에는 에스터 화이트하우스가 분하여 관객들의 열광적인 박수갈채를 받았다. 이 공연에 자극되었는지 그후에 공연이 잦았다.

명연기를 보여준 배우들을 개략해 볼 것 같으면 앤토니 역에 발리올 홀로웨이, 존 길거드, 고드프리 타르, 마이켈 레드그레이브, 로렌스 올리비에가, 클레오파트라 역에는 이디스 에반스, 페기 아쉬크로프트, 비비안 리, 마가렛 화이팅 등이 대표적 주자들이다.

신기원을 세운 명연출가는 글렌 바이엄 쇼를 들 수 있다. 그는 1946년의 무대에서 리얼리즘을 배격하고 엘리자베드 시대 무대의 재현에 주력하였고, 7년 후에 다시 연출했는데, 다른 주연 남녀배우를 써서 시미(詩美)를 떠올리는 공연을 하였다. 로버트 스페이트는 이 공연의 성공이 "셰익스피어의 시에 충실히 따른 때문"이라고 지적하였다.

마이켈 벤톨이 연출한 1951년의 무대는 회전무대의 사용과 주역을 맡은 올리비에와 비비안 리의 억압된 연기가 주목을 끌었다. 정열과 얼음의 결정체인 클레오파트라는 타안 박사의 말대로 "여성적인 매력과 남성적 두뇌의 결합"이라고 평했는데 이는 비비안 리를 두고 한 말이기도 하다.

1953년 스트라트포드에서 가진 글렌 바이엄 쇼의 무대는 『앤토니와 클레오파트라』의 기념비적 공연이라 할 수 있다. 스페이트는 연출에서 창조성 있는 인물해석과 의상디자인의 돋보인 효과를 극구 칭찬했다. 아쉬크로프트는 붉은 망아지 꼬리로 가발을 만들어 썼으며 연한 오렌지빛과 보랏빛의 의상을 걸치기도 했다. 관객들은 그녀의 풍부한 상상력과 섬세한 감각에 경탄했고 앤토니 역의 마이켈 레드그레이브와 클레오파트라 역의 아쉬크로프트의 정욕에 불타는 듯한 대사에 경의의 시선을 보냈다 한다.

1956~57년의 시즌에 올드빅에서 클레오파트라를 연기한 마가렛 화이팅의 연기에 대해 스페이트는 주역을 한 두 배우에 대해서 "어쨌든 이 대역을 해내기에는 너무 젊었지만 시를 멋지게 소화함으로써 연령과 경험의 미약함을 극복하여 돋보이는 연기를 보여주었다"고 평했다.

앤토니의 용(勇), 장(壯), 정(情), 그리고 클레오파트라의 미(美), 기(技), 지(智)를 모두 표현하기는 참으로 어려운 일이요, 그 연기자의 출현도 어렵게 기대해야 될 일이다. 셰익스피어의 넓고 깊은 작품세계에 새삼 감탄하지 않을 수 없다.

舞台의 전설

명배우 명연기

申定玉

무대의 영혼 — 캐더린 헵번
영광과 비창의 무대시 — 에드먼드 킨
불타는 흑장미 — 비비안리
세번을 울고간 사나이 — 루이 주베
붉은 불꽃 — 사라 베르나르
하얀 박꽃의 무대의 사도 — 줄리아 말로
황소의 뿔 — 장루이 바로
우수와 서정의 별자리 — 옹가 크닛펠
악마는 해바라기를 싫어한다 — 오손 웰스
무대의 시인 — 에드윈 부스
무대에 불타는 빙하 — 시빌 손다이크
눈물과 불꽃의 마술사 — 프랑스와 조셉 탈마
달을 보고 짖는 암늑대 — 안나 마냐니
웃음을 뿌리박은 무대의 창조자 — 노엘 카워드
육체와 혼의 선율 — 이디스 에반스
천사의 웃음과 사탄의 웃음 — 윌리엄 위렌
위대한 영혼의 뿌리 — 페기 아쉬크로프트
자랑스러운 영국의 보석 — 헨리 어빙
어둠과 빛 속에 꽂힌 화살 — 앨렌 테리
침묵의 시, 말없는 절규 — 마르셀 마르소
뜨거운 공간 속의 신화 — 마이켈 레드그레이브
횃불은 아직도 타오른다 — 카롤리나 노이버
신을 침묵시킨 사나이 — 데이빗 개릭
꺼지지 않는 빛 — 랄프 리처드슨
별은 빛난다 — 마들레느 르노
무대에서 찾은 자기 — 존 길거드
은빛 침묵의 여인 — 엘레오노라 도제
천사는 눈물이 마르지 않는다 — 잉그리드 버그먼
영혼의 불꽃 — 사라 시돈스
왜 그는 영혼에다 끌질을 하였는가
　　— 로렌스 올리비에

전예원
☎581-3637~9

10년 동안에 걸쳐 번역해낸 현대영미희곡의 걸작들! (전10권)

現代英美戱曲

신정옥 옮김

〈각권 수록작품〉

세익스피어 전집 14

앤토니와 클레오파트라

옮긴이 · 신정옥
펴낸이 · 양계봉
만든이 · 김진홍

펴낸곳 · 도서출판 전예원
주소 · 경기도 용인시 처인구 모현면 초부로 54번길 75
전화번호 · 031) 333-3471. 전송번호 · 031) 333-5471
e-mail · jeonyaewon2@ nate.com

출판등록일 · 1977년 5월 7일. 출판등록번호 · 16-37호

1995년 11월 20일 초판발행
2017년 09월 01일 5쇄 발행

ISBN · 978-89-7924-025-2   04840
ISBN · 978-89-7924-011-5   04840 (세트)

※ 잘못된 책은 바꿔드립니다.   값 · 9,000원